Fast alle Geschichten von Martin Luserke führen in die geheimnisvolle Welt der (Nord)see oder/und des Wattenmeeres, in ein abgründiges Zwischenreich zwischen der von Menschen bewohnten Welt und der ungezähmten, nur von Tieren und mancherlei unbekannten Wesen belebten Natur.

Realer Schauplatz dieser *Sage von der Wattenküste* sind die Watten der Außenelbe und die Insel Neuwerk, historischer Hintergrund ist die Errichtung des ersten befeuerten Seezeichens dort zu Beginn des 17. Jahrhunderts durch die Stadt Hamburg. Aber diese Erzählung wäre kein echter Luserke, wenn nicht noch ein Drittes hinzukäme: die Elementargewalten der See, personifiziert in der Gestalt des jahrtausendealten Grieper-Spuks.

Ein recht ungleiches Quartett – ein Magister und sein Gehilfe, ein Stadtsoldat und ein Fischerjunge – zieht aus, um den Bann des menschenmörderischen *Spuks aus der grenzenlosen Wasserwelt* zu brechen. Ole, dem etwas einfältigen Fischerjungen, gelingt es, gleichsam im Traum.

Der Autor hat hier *eine echte Spukgeschichte* geschrieben, *bei der man das Gruseln lernen kann,* hieß es in einer Besprechung zur ersten Auflage. Aus heutiger Sicht kann die damalige Spukgeschichte durchaus als phantastische Geschichte bezeichnet werden, wie ja auch Martin Luserke als ein Ahnherr der heutigen Fantasy-Literatur angesehen werden kann.

Der *Grieper-Spuk* erschien erstmals vor fast sechzig Jahren und erreichte bald eine Auflage von mehr als hunderttausend Exemplaren, dennoch ist gerade diese Erzählung der Gemeinde der Luserke-Leser bis heute kaum bekannt geworden. Den Text begleiten 13 lavierte Federzeichnungen von Heiko Jörn, die erzählerisch dicht die Stationen der Handlung akzentuieren.

Merkwürdig, aber vielleicht auch wiederum selbstverständlich erscheint es, daß die *eigentümliche unterseeische Welt* des Wattenmeeres ihre bedeutendsten literarischen Interpreten in zwei Binnenländern gefunden hat: *Ernst Willkomm* (1810–1886), einem Sachsen aus der Oberlausitz und *Martin Luserke* (1880–1968), einem Berliner.

Eine Auswahl der schönsten Wattenerzählungen von Ernst Willkomm ist gleichfalls in unserem Verlag mit Illustrationen von Kurt Löb unter dem Titel *Der Schlickläufer* herausgekommen.

MARTIN LUSERKE

DER GRIEPER-SPUK

Eine phantastische Geschichte von der Wattenküste

mit Zeichnungen von Heiko Jörn
herausgegeben von Theo Schuster

SCHUSTER

DER GRIEPER-SPUK kam seit alter Zeit aus der grenzenlosen Wasserwelt her, die im Norden aller Menschenländer beginnt, und suchte die äußeren bewohnten Küsten heim. In den christlichen Jahrhunderten wurde der Spuk immer schrecklicher, bis er sich schließlich auch in die innerste Nordsee wagte. Erst in der Gegend, wo der große Strom mündet, konnte, wie es heißt, das Unwesen endlich durch große Mühen der Kirche gestellt und für alle künftige Zeit unschädlich gemacht werden.
Manchen erfahrenen Leuten freilich schien es, als habe sich damals mehr zugetragen, als nur die Vertreibung des Teufels, der ja immer wieder versucht, an den wüsten Stellen auf Erden seine Feldwachen und Festungen einzurichten.
Nachdem man die Watteninsel bei Ostwind auch zu Wagen mit Prozessionen erreichen konnte, hatte man dank der Macht und des Geldes der großen Stadt den Grieper-Spuk zwar durch die Kirche austreiben können. Aber tatsächlich soll der Spuk schon auf geheimnisvolle Art vorher erschlagen gewesen sein, so daß von den Pfaffen draußen eigentlich nur noch das Seegevögel so gewaltig beschworen wurde. Und müssen, mitten in ihrem Gekreisch, die Seevögel nicht auch heute noch darüber lachen?
Mehrere Männer und eine alte Frau sollen damals aber schon vom Ende des Spukes gewußt und trotzdem geschwiegen haben. Jedem war wohl auch nur ein Teil der Wahrheit bekannt, und so ließ man der Geistlichkeit mit der Mühe ihres Unternehmens zugleich auch allen Ruhm, den Grieper besiegt zu haben. Den Wissenden schien wohl damit alles geschehen zu sein, was geschehen mußte, konnte man doch an der Meeresküste seit jenem Winter wohnen, ohne von unheimlichen Gefahren bedroht zu werden.
So aber ging noch eine Zeitlang verstohlen das Gerücht um, daß auf den unbekannten Nordmeeren gewiß noch

mancher von jenen vertriebenen uralten Unholden hausen mochte, die einst vor den ersten Siedlern aus dem festen Land gewichen waren. Wir Menschen haben uns ja erst in eine Welt gedrängt, die vordem schon überall von den Tieren, den Pflanzen und den gespenstischen Wesen bewohnt wurde. Wer sich unter solchen Umständen behaupten wollte, mußte auch ohne Angst das Wissen ertragen können, daß jede Grenze auf Erden von zwei Seiten her erreicht werden kann.

Immer wieder nahte daher der merkwürdige Augenblick, daß mit einer dieser Bedrohungen wieder körperhaft gekämpft werden mußte. Und wenn es dann einen Menschen gab, den die unerhörte Möglichkeit über alle Vernunft und Vorsicht hinweg zur Tat hinriß, konnte die Grenze unserer gesicherten Welt abermals um ein neues Stück hinausgerückt werden. Freilich blieb das meiste an solchen Geschichten auf ewig geheimnisvoll, auch für die Menschen, die leibhaftig dabei waren.

Daß nun der Grieper zwischen allen Küstenländern hindurch schließlich gerade an die inneren Ufer der Nordsee drang, lag wohl daran, daß hier selbst zu jener Zeit noch Lücken in den Grenzen des menschlichen Machtbereiches waren.

Wer sich der Wattenküste zu Schiff näherte, vor dem erschien ja kein buntes, bewohntes Ufer mit Bäumen, Häusern und Kirchtürmen. Man schwamm längst zwischen unsichtbaren Ufern des Stroms, wenn sich dem Auge noch immer nichts als meilenbreite, schlickgraue Wasser zeigten. Mehr als eine Tagesreise vor dem Hafen begann die Küste ja schon mit flachen Bänken und morastigen Wiesen. Im Innern der großen Buchten jedoch konnte man hinter dem Horizont sogar auf beiden Seiten schon Dörfer sehen und immer noch im Zweifel sein, ob diese Einöde nun bereits Land oder noch See war.

So kam es auch, daß sich der Grieper-Spuk im Dämmer gewisser Nächte durch die Lücken zwischen den befahrenen Flußmündungen und den Inseln auf das Watt hereinschieben konnte. Denn dieses Wesen verstand ja noch die uralte Kunst, sich bei all seiner Riesengröße bis auf einen kleinen Rest gestaltlos zu machen und sich so auseinandergeflossen über das seichteste Wasser zu schieben.
Ein Kind fand einst am hellen Tage ein Stück von einem morschen Baumstamm, das die Flut auf dem Sand zurückgelassen hatte. Als es auf die Stirnseite guckte, sah es aus einer Delle im Holz ein böses grünes Auge glimmen, das auf der anderen Seite ebenso aus dem Stamm herausblickte. Damals hätte man des Spuks vielleicht Herr werden können. Aber das Kind war so entsetzt, daß es erst am Abend von dem unheimlichen Fund zu berichten wagte, und da hatte ihn die nächste Flut schon wieder mit hinausgenommen.
Der Strom war es ja, indem er die ganze Wasserfläche mit den Gezeiten ständig über die Watten hin landwärts oder seewärts schob, der es dem Grieper möglich machte, sich im flachen Wasser den Menschen zu nähern. Freilich brauchte man den Schrecken der Küste darum nur bei steigender Flut und glatter Seefläche zu fürchten. Auch scheute er ebenso das Tageslicht, wie das von Mond und Sternen, obwohl er stets unter dem Mond herankam.
Eigentlich gab es nur im Herbst die ganz stillen, wolkenverhangenen Nächte, in denen die Fischerbevölkerung vor dem gespenstischen Überfall auf der Hut sein mußte. Aber dann lag auch über der ganzen Küste der Bann eines verborgenen Schreckens, wie ihn die Leute weiter drinnen im Land nicht einmal erahnen konnten.
Und da gibt es vom Mondaufgang an nichts mehr als die Angst und das Warten, oben unter den Wolken wie auch unten auf dem platten Boden in unserer ganzen Welt rings-

... sah es auf einer Delle im Holz
ein böses grünes Auge glimmen ...

umher, wenn der Grieper in die Nähe gekommen ist, plapperte die harte, dünne Stimme von Fischer Manders' Hexenahne während der Dämmerstunde in der Hütte manchmal los. *Aber draußen um unsere abendliche Wolkenstube herum kümmert es ja niemanden, daß vielleicht ein Mensch noch vom Strand zurückgeworfen werden könnte, der nun festgebannt ist und nicht mehr fort kann. Da hat die Dämmerung sich vor ihm schwarz wie eine Pechwolke aus der See gezogen, und die grünen Scheibenaugen tanzen auf ihn los!*

Die Kinder rangen erregt die Hände, wenn die alte Frau zu schwatzen begann.

Erzähl doch noch einmal von Jörme Jörmsen, Ahntje, bettelten die drei jüngeren Schwestern des langen, schlaksigen Ole dann jedesmal.

Die Ahne in Ole Manders' Familie war so uralt, daß sie nur noch in einem Holzkasten sitzen und herumgeschoben werden konnte. Meist wartete sie schweigend auf das Ereignis, das ihre ewige, unfertige Geschichte vom Grieper-Spuk einmal zu Ende bringen sollte.

Aber wenn bei zunehmendem Mond abends die unheimliche Geschwätzigkeit über sie kam, hockten die jüngeren Kinder im Halblicht des Torffeuers dicht um ihren Kasten. Dann wickelten die welken Hände das Hexenknäuel auf und wieder fest, und die Geschichte von dem übernatürlichen Schrecken der Küste spann sich durch unklare und deutliche Stellen hindurch.

Nur der halbwüchsige Ole war zu faul, um sich nach der Arbeit des Tages noch aufzuregen. Er war der Älteste und durfte schon auf der Wandbank hocken. Vater Manders hatte es auf der Brust, und Ole mußte, genau besehen, schon in seinen jungen Jahren fast den Löwenanteil aller Arbeit verrichten. Die Fischersleute in der Hütte am Südufer der großen Strommündung hatten elf Kinder und die Ahne

Die Ahne ... war so uralt, daß sie nur noch
in einem Holzkasten sitzen und herumgeschoben
werden konnte.

zu erhalten, und Manders gab sehr viel auf das Boot, das sein größter Besitz war. Solche Familienväter verwenden eine fast boshafte Sorgfalt auf Nebensächlichkeiten, wenn sie zur eigentlichen Arbeit, wie zum Fang schon mit fünfzig Jahren nicht mehr recht taugen. Deshalb fanden aber die drei jüngeren Schwestern Oles die anmaßende Trägheit des Ältesten natürlich nicht weniger unausstehlich.
Jörme Jörmsen, du warst doch gerade erst mein Mann geworden, wimmerte die Ahne vor sich hin. *Ach, hätte ich damals nur den Mut gehabt, von den Dünen hinunter zu dir zu laufen, als der Grieper vor die Insel gekommen war! Dann müßte deine arme Frau jetzt nicht auf ihn warten und könnte auch endlich einmal ans Sterben gehen.*
Er kommt aber doch nicht bis hierher die Küste entlang und breitet sich in Ole Manders' Priel aus? hauchten die Mädchen und sahen sich an. Sie kannten ja alle die Geschichte der Ahne, die sich vor langer Zeit auf einer der westlichen Inseln zugetragen hatte. Wegen des Seespuks war sie als junge Witwe von der offenen See geflüchtet, und Fischer Manders' Vater hatte sie hier an der Strommündung in seine Hütte aufgenommen und schließlich auch geheiratet. Denn sie mußte am Wasser bleiben. Sie konnte nicht mehr ganz von dem Grieper fort, und das war für die Kinder eigentlich das Unbegreiflichste an der ganzen Geschichte.
Wo doch alles, was nicht Haut und Knochen gewesen ist von ihrem ersten Mann, jetzt in dem schwarzen Placken auf der See treibt, sagte Ole geringschätzig und verdrossen. *Der Grieper hat ihn doch ausgesogen, und sie kann ihm das nicht vergessen!*
Die Mädchen zogen empört die Beine unter sich, aber sie flehten die Ahne doch immer wieder gierig an, noch einmal von den zwei kleinen Löchern zu erzählen, die man hinterher jedesmal bei den Opfern des Küstenspuks in die Haut der Fersen geschabt fand. Und so hörten sie im-

mer wieder, wie der Grieper damals Jörme Jörmsen geholt hatte.

Es war eine jener ganz stillen Herbstnächte gewesen, in denen sich nach dauerndem ruhigem Wetter eine dünne, trockene Wolkendecke schließlich tagelang unbeweglich über der Küste ausspannt. Dann ist die See nachts, wenn die Flut gegen das Land treibt, nur noch eine schimmernde Fläche im lautlosen Halbdunkel. Und wenn sie dann irgendeine Planke heranschwemmte, auf welche die Inselfischer sonst so erpicht waren – in solchen Nächten hütete sich jeder verständige Mann, am Strand danach auszuspähen oder gar mit der Laterne ins seichte Wasser zu waten, um das Strandgut zu sichern.

Aber wir brauchten das Holz doch so nötig, um die Hütte noch auszubauen, ehe das Kind kam, jammerte die Ahne. Sie war damals eine muntere und tüchtige Frau gewesen. Oben von den Dünen herab konnte sie den schwarzen, dünnen Strich der treibenden Planken ganz deutlich auf dem mattblanken Wasser erkennen. Und auch die Laterne ihres Jörme sah sie unten am Rande des hellschimmernden Ufers. Ach, sie konnten sich doch damals nicht um die Warnung kümmern, daß dieses Unwesen eine schreckliche, düstere Neugier auf das Feuer der Menschen haben sollte.

Es gibt viel Arbeit, wenn sich ein Mann erst eine Frau genommen hat, nickte Ole und gähnte. Aber die Mädchen schimpften leise, weil in der Geschichte jetzt gerade das Gespenst kommen mußte.

Die Ahne hatte von oben her plötzlich etwas wie einen schwarzen, öligen Fleck um die Planke auseinanderschießen sehen. So schrecklich und totenschwarz breitete er sich immer größer an der Oberfläche aus, wenn der Grieper an die Luft emporstieg.

Alles Licht in der Welt starb und verdarb, wo die Pechwolke seines Körpers das Wasser tränkte. Und deshalb war ja gerade auch diese grausige Schwermut in diesem Wesen und schlug in jähe Wut um, wenn ein Feuer der Menschen vor ihm aufleuchtete. Als die Frau gellend aufschrie, trieb die Pechwolke hoch und riesengroß heran, und Jörme Jörmsen hatte schon die zwei glimmenden Punkte vor seinen Augen heranspringen sehen. Wenn jemand die Punkte sah, dann fand auch schon jeder ängstliche, harte Schlag des Menschenherzens eine Antwort aus der körperhaften Finsternis. Mit jedem Herzschlag glommen die böse blikkenden Punkte näher, immer stand erst einer da, und dann kam der andere, bis sich dicht vor dem Unglücklichen ein grünes Scheibenauge in greulicher Befriedigung mit einem anderen abwechselte. Und während er stillstehen mußte wie ein Pfahl, umhüllte ihn der eiskalte, grausige Wolkendunst und begann immer fühlbarer an ihm herumzutasten, und der Atem ging ihm aus. Und dann plötzlich rührte ihn etwas Festes an.

Man müßte dann die Augen zukneifen und bloß schlagen, wo's trifft, sagte Ole. *Du wärst ja viel zu faul dazu,* höhnten die Schwestern. *Du hättest dich in dem Pechdunst wohl ordentlich hochgereckt, daß du nur oben immer die Luft behieltest!* Aber Ole sagte, das hätte doch gar keinen Sinn, sich im voraus auszudenken, was getan werden müßte. Und er wolle sich jetzt schlafen legen.

Den anderen Kindern jedoch mußte die Ahne noch das gräßliche und vorläufige Ende ihrer Begegnung mit dem Grieper-Spuk erzählen.

Am nächsten Morgen, als im hellen Tageslicht die Ebbe ganz abgeflossen war, hatten nämlich die Leute von der Insel, der armen halbtoten Frau auf dem Strohlager zuliebe, den Strand absuchen müssen. Da war die ganze unermeßliche Himmelswölbung von aufgeregten Vogelschreien erfüllt gewesen über der Stelle, wo das angetriebene Wrackholz liegengeblieben war. Und da lag auch schon halb

eingesandet der runde Kopf des Opfers. Von ihm aber fort zog sich seewärts die ganze graue Haut, faltig und leer über die Knochen gespannt. Und in jede Ferse war unten ein kleines Loch geschabt.
Das Aufregendste aber blieb bei dieser Geschichte, daß die Ahne trotz ihrer Flucht von der Insel hiermit noch nicht zu Ende war. In ihren jungen Jahren spürten die Kinder, daß der mörderische Spuk seitdem auch auf die Ahne oder sie gleichfalls auf ihn, der ihr den Mann genommen hatte, irgendeine Art von Anrecht besaß.
Aber konnte es diese riesengroßen, fremden Wesen überhaupt kümmern, was eine Frau mit ihnen zu tun bekam, auch wenn sie nun über alle menschliche Lebensdauer hinaus hier an der Küste saß und wartete? Die armselige und gutartige Hexenkunst, wodurch die Ahne in den verstreuten Fischerhütten zwischen den Dünen mit der Zeit an Ansehen gewonnen hatte, war doch nur Spielerei gegenüber der fast außerirdischen Gewalt des Grieper-Spuks! Klein waren dagegen die Menschen, die damals an den Seeküsten leben wollten, und sie konnten sich gewöhnlich nur verstecken, wenn es den Mächten einfiel, in ihrer Nähe vorbeizustreifen.
Aber einmal kommt doch der merkwürdige Augenblick, wo sich die ganze Himmelsschüssel höher hebt und die Helligkeit von draußen unterm Rand hereinschaut, nickte die Alte mit dem grauen Zottelkopf. Und sie würde nicht sterben, sagte sie dann manchmal frühmorgens noch, wenn sie aus ihrer Butze geholt und in ihren Holzkasten gepackt wurde, sie würde abwarten, bis es mit dem Grieper zu Ende gegangen sei.
Nach so vielen Jahren kann der Mensch ja wohl nicht mehr ganz dicht sein, sagte Ole oft mitleidig. Aber er versprach der Ahne auch immer wieder ernsthaft, daß er den Grieper-Spuk zu rechter Zeit für sie erschlagen würde. Die Alte sah

Und da lag auch schon halb eingesandet
der runde Kopf des Opfers.

ihn dann hart und vorwurfsvoll an, und alles übrige Weibervolk in der Hütte verhöhnte den Faulpelz. Vater Manders aber gab dann seinem Ältesten jedesmal eine Backpfeife und schickte ihn ins Boot, das während der Flutzeit draußen auf dem Priel vor der Hütte am Pfahl lag. Nach der Meinung des alten Fischers wurde das Boot ja überhaupt nicht mehr richtig instand gehalten.

Tief landein an dem großen Strom lag schon in jenen alten Tagen die gewaltige Handelsstadt. Zu der Zeit unserer Geschichte machten sich nun die Ratsherren viel Sorge darum, wie ihre Schiffe nicht nur bei Tage mit Hilfe der verankerten Fahrwassertonnen, sondern auch im Nachtdunkel den Weg durch die Watten in die Strommündung finden könnten. Die schwerfälligen Segelfahrzeuge mußten sich ja mit Hilfe der Flut von der hohen See aus noch zwei volle Tagereisen stromauf arbeiten. Wenn die Ebbe gegen sie lief, mußte jedesmal geankert werden. Die schlimmsten Strecken waren beim Einlaufen gerade die wilden Außengebiete, wo die flachen Ufer des gewaltigen Stromes oder die gefährlichen Sandbänke gemieden werden mußten.

Trafen die Schiffe von See her nun bei Nacht vor der Mündung ein, so konnten sie auch bei günstigem Wetter doch nicht die stromauf führende Flut benutzen. Sie mußten vielmehr ankern, ungeachtet aller Gefahren, die ihnen von der Witterung oder von den Seeräubern der Wattenküste drohten, bis sie sich bei Tageslicht einer Flut anvertrauen konnten. In der Herbstzeit, wo die Tage nur noch kurz sind, war das für die Schiffer besonders lästig, denn in diesen letzten stillen Tagen kehrten ja alle Schiffe zum Überwintern in die Heimathäfen zurück. Mit dem wachsenden Ruhm und Reichtum der Stadt wurde allgemein der Wunsch stärker, es müsse durch menschliche Kunst doch möglich sein, auch im Nachtdunkel einen Weg in die Strommündung zu finden.

Schließlich entstand der kühne Plan, auf einer Watteninsel, die weit draußen dicht an der Strommündung lag, ein Leuchtfeuer einzurichten, wie man es schon in alten Zeiten zum ewigen Ruhm der Stadt Alexandria im Ägyptenlande zustande gebracht hatte. Und dies war das erste Leuchtfeuer in allen Nordlanden. So weit draußen, wo der Sand von den Fluten ständig überspült wurde, ließ sich freilich kein steinerner Turm gründen, doch würde ein übergroßes Pfahlwerk wohl denselben Dienst verrichten können. Aus mächtigen, geteerten Stämmen sollte ein offenes Gerüst als Unterbau gezimmert werden, und wenn die Nächte im Herbst lang wurden und die gesicherte Heimkehr der Schiffe wichtig war, würde ihnen nunmehr das Licht eines offenen Holzkohlenfeuers den Weg weisen. Einen solchen Bau nannte man damals eine Feuerblüse.
Die Stadt nützte tatkräftig die Zeit, als ein langer Sommer mit merkwürdig stiller Witterung dahinging, und zu Anfang des Herbstes ragte das Bauwerk weithin sichtbar draußen südwestlich von der letzten Unterwassermündung des großen Stromes empor. Schon im August konnten die Schiffer, die sich der Küste näherten, ein Gebilde sehen, das so aussah, als hätte die große Stadt einen Riesen zum Ausspähen weit in die Wasserwüste hinaus vorgeschickt.
In allen Nordländern wurde von den Seefahrern die Kunstfertigkeit gerühmt, mit der diese Feuerblüse aufgebaut worden war. Siebzig Fuß hoch ragte das dreibeinige Balkengerüst bei Ebbe über den Sand. Die Plattform oben maß acht große Schritte mitten durch die dreiseitige Fläche. Sie war mit Kupfertafeln gedeckt und von einer niedrig umlaufenden Stange eingefaßt. In ihrer Mitte war ein flacher, runder Herd, die Kohlenpfanne, aufgemauert. Durch eine Falltür in dem einen Winkel stieg man in eine Bohlenkammer hinab, die immer noch haushoch über dem höchsten Wasserstand in das Gebälk gezimmert war. Sie diente den

drei Feuerwächtern als Wohnung und zum Aufbewahren der Vorräte. An ihrer Decke aber waren Bälge angebracht wie in einer Schmiede, und der Gebläsewind fuhr durch Röhren und Düsen in der Mitte der Kohlenpfanne oben hinaus. So konnte das Feuer auch bei regnerischem Wetter in Gang gehalten werden.

Die ganze Stadt sprach von der Blüse, als das Feuer in diesem Herbst zum ersten Male an einem Abend brannte, obwohl man ja noch dreißig Meilen in die Nacht hinein stromab hätte fahren müssen, bis endlich ein matter, rötlicher Stern am Horizont sichtbar geworden wäre. Die Bauern in den Marschen aber sahen diesen neuen roten Stern, und sie nickten zufrieden. Es war eine große Sache, daß die Stadt ein solches Merkzeichen ihrer Macht hatte aufrichten lassen und gleichsam die Grenzen des gesicherten Wohnens wieder ein Stück hatte hinausschieben können.

Den Küstenfischern freilich, die nur ein wenig stromauf in den Dünen gegenüber der letzten Insel wohnten, war in dieser Nacht nur ein neues Ärgernis zur Wirklichkeit geworden. Sie sahen das Feuer schon höher in der Luft und wie unruhig der rote Stern strahlte. Manchmal verschwand die Flamme fast, manchmal leuchtete sie heftig auf. *Er gibt Zeichen, den sie da oben gefangenhalten,* sagte die uralte Hexe in Ole Manders' Hütte, *und wer wird antworten?*

Für die Fischer war die neue Einrichtung der Stadt hier draußen schon von Anfang an zu viel gewesen. Erst gab es die harte Fronarbeit beim Gerüstbau. Ein Fischersmann hatte doch wahrhaftig dringendere Sorgen, als die großmäuligen Matrosen auf den hohen Seeschiffen in ihrer Faulheit noch zu unterstützen. Und jetzt in der Nacht sah man erst ganz, welche Herausforderung an den Grieper-Spuk diese Leuchte über der See bedeuten konnte. Ja, wer bei Tag und bei Nacht und mit nur wenigen Genossen gleich hinter der Grenze aller Welt lebt, vergißt nicht ganz

so leicht wie die in den Städten, daß von draußen her manch andere Wesen uns Menschen zuweilen wie häßliche Eindringlinge beobachten.
Die Kinder schlafen heute abend vor Angst schon gar nicht mehr ein, weil das Wasser erst im Dunkeln in unseren Priel kommt, sagte Vater Manders' Frau. Sie stopfte den Raum zwischen den Fensterläden und den kleinen Glasscheiben schon jetzt, wie sonst erst nach dem Neujahr, mit Lumpen aus. Ole schimpfte, daß er nun jedesmal draußen ums Haus herum müsse, wenn er nach dem Boot sehen wolle.
Manders' alte Hexenahne aber war in ihrem Holzkasten schon den ganzen Tag über aufgeregt gewesen. *Es wird bald Geschichten geben,* versprach sie allen Leuten. Und diesmal würde der Spuk ›dicksatt‹ werden. Drei städtische Feuerwächter waren mehr als ein Inselfischer kurz nach der Heirat ... Sie kicherte boshaft.
Die Herren sitzen gemächlich in ihrer Schreibkammer auf dem Rathaus, hustete Fischer Manders griesgrämig. Über die Stadt hinweg schauten die größten Kirchtürme ja Tag und Nacht wie heilige Riesenwächter. So weit drinnen im Land konnten die Leute unbesorgt Licht brennen, auch wenn das Wetter totenstill war. Ach, da würde wohl noch manche arme Frau verzweifeln müssen, weil der Mann vom Dienst nicht mehr nach Hause kam, bis die drei Bürgermeister endlich einsehen würden, daß der Vorwitz hier draußen besser unterblieben wäre.
Wenn ihr mich doch nach der Stadt segeln wolltet, bettelte die Alte und wickelte an ihrem Hexenknäuel. *Dann brauchtet ihr mich bloß vorm Rathaus abzustellen. Das hier würde dann schon von selbst die Stufen hinauflaufen und sich um ihre dicken Seidenbeine spulen, und dann sollte der Grieper schon an sich heranzerren, was er gerechterweise haben muß.*
Ihr werdet noch ganz unklug von dem großen Feuerturm der Stadt, schalt die Mutter und rückte den Kasten vor die

Herdnische und das Torffeuer. *Nichts wie unnütze Arbeit macht ihr euch mit dem Knäuel!*
Das fehlte auch noch, knurrte Ole böse, *daß unser Boot für den Grieper gebraucht wird.* Der Junge hatte sich in diesem Sommer schlimm quälen müssen, damit der Strandvogt wenigstens von Zeit zu Zeit auch einmal einsah, daß Manders' Boot für die ewigen Fronfahrten zur Baustelle zu schlecht geworden sei.

Die Fischer wunderte es nicht sonderlich, als es dann mit dem Unglück auf der neuen Feuerblüse rasch ging. Das stille Wetter dieses Jahres war immer noch geblieben, und von der ewigen Wolkendecke glaubte schon kein Mensch mehr, daß sie Regen bedeuten könnte. Aber in den Nächten des zunehmenden Mondes ließ sie nur das richtige halbe Licht aufkommen, und schon in der zweiten dieser Nächte wollte Ole Manders' Urahne sich überhaupt nicht erst in die Schlafbutze packen lassen, sondern lieber warten. Und auf den hohen, trockenen Dünen standen einige Männer, die den roten Stern nicht aus den Augen ließen. Der junge Ole war wie immer der einzige, der schlief.
Eine Stunde vor Mitternacht war Hochwasserzeit, und da sahen sie von den Dünen her das Licht heftig flackern und dann plötzlich verlöschen.
Nach dem Mittag des anderen Tages, sobald die Ebbe kräftig lief, fuhr der Strandvogt mit der Ablösung der Feuerwächter in seinem Boot zum Turmgerüst hinaus. Sie fanden die Blüse verlassen von Menschen, obwohl sonst alles auf ihr in Ordnung war. Nicht die kleinste Spur wies darauf hin, was aus den drei Wächtern geworden sein könnte. Der Vogt hatte große Mühe, die drei neuen Männer zu zwingen, den Dienst an der Kohlenpfanne zu übernehmen. Noch am Abend wurde ein Reiter nach der Stadt abgefertigt. An der Küste aber schlief niemand in der Nacht darauf. Die Sicht

war klar, doch unterm Mond spannte sich noch immer eine unbewegliche Wolkendecke.
Und genau um Mitternacht, wiederum zur Hochwasserzeit, flackerte der rote Stern wie in der vorigen Nacht auf und verlosch. Und am nächsten Tag ließ sich wiederum nur feststellen, daß auch diese drei Männer auf rätselhafte Weise verschwunden waren.
Von nun an gab es im Amtshäuschen beim Strandvogt und auch tief landein in der großen Stadt viel Aufregung und Nachforschen. Aber nur das eine stellte sich als völlig gewiß heraus, daß an der ganzen Küste und auf allen Schiffen und in der Stadt sich jetzt nicht noch einmal drei Männer finden ließen, die es gewagt hätten, eine Nacht auf der Feuerblüse zu verbringen. Zu allen Zeiten ist es ja an der Küste eigentümlich gewesen, wie rasch sich eine Nachricht verbreitet, ohne daß eigentlich ein Mensch zum andern gesprochen hat.
Dabei hatten sich die Fischer untereinander noch gelobt, davon zu schweigen, daß sie am Morgen nach der zweiten Unglücksnacht zwei Meilen westlich von der Blüse einen unheimlichen Fund gemacht hatten. Bei einem halb eingesandeten Stück Treibholz hatte dort von einem der Feuermänner noch der runde Kopf gelegen. Vom Kopf her hatte sich die Haut des armen Menschen grau, faltig und leer über das Skelett hinweggespannt, zum Wasser hin, und auch die Löcher in beiden Fersen waren zu erkennen.
Von den beiden anderen Opfern aber fanden sich dieselben schaurigen Reste noch weiter seewärts, und nur ihre Kleider und Stiefel waren bei dem Holz eingesandet. Es sah aus, als hätte der Unhold alle drei erst auf dem Floß zusammengeholt und aufbewahrt, um dann fern von der Feuerblüse, auf der es ihm nicht geheuer sein mochte, nach seiner Art mit ihnen zu verfahren. Die Fischer nickten. Aber keiner, der an der Küste wohnte, hatte natürlich Lust, von

der Stadt auch noch zur Beseitigung der Opfer des Grieper-Spuks herangezogen zu werden.

Die Leute drinnen im Land schoben nach ihrer hochmütigen Gewohnheit das Unglück auf die Bosheit des Teufels, obwohl sie die Ordnung und Reinlichkeit hätte nachdenklich machen müssen, in der alles auf der Blüse danach jedesmal vorgefunden worden war. Die Geistlichkeit aber bestätigte eifrig den Verdacht auf den Feind aller Menschen. Wenn der Rat der Stadt sich bequemen würde, ihre Hilfe zu erbitten, munkelte sie, würde die Kirche schon zu ihrer Zeit den Spuk zu bekämpfen wissen. Denn solange die Kaufleute fromm blieben, führte der reiche Handelsgewinn in den Städten, wie es der Böse gewiß durchschauen konnte, zu gewaltigen Kirchenbauten, und die scheuchten ihn bis weit aufs Wasser hinaus von den Handelsstraßen zurück. Darum suchte der Teufel den Wohlstand zu verderben.
Rat und Bürgerschaft wandten sich daher mit der Bitte um Rat an den Erzbischof, an mehrere gelehrte Schulen, ja selbst nach Rom. In den Gilden der Kaufleute war man noch mehr erbittert über die Verzögerung, die all das bedeutete, als über die Einmischung der Pfaffen und die drohenden Kosten. In diesem Herbst nämlich stand die Rückkehr der Norwegenflotte wegen des fortdauernden stillen Wetters noch aus. Wenn die Feuerblüse in etwa einer Woche nur für wenige Nächte noch hätte leuchten können! Da blieb nichts anderes übrig, als von den Männern, die regierten, zu erwarten, daß sich ihre Umsicht in dieser Sache noch stärker erweisen würde.
Nun hatte man sich im Rat der gewaltigen Handelsstadt seit jeher trefflich auf den Gebrauch nicht nur einer, sondern auch beider Hände zugleich verstanden. Gott hat sie den Menschen ja so gegeben, daß die Linke ohne Wissen

der Rechten zugreifen kann. Vom Rat wurde also nach dem Auftrag an die Kirche insgeheim der Beschluß gefaßt, die Blüse auf welche Weise auch immer in diesem Herbst wenigstens noch einige Tage lang in Gang zu bringen. Jeder der Herren verstand ungefähr, wie das gemeint war, und daß bei der Kirche über diese Absicht nichts ruchbar werden durfte.

Von den Ersten Bürgermeistern wurde daraufhin dem Dritten die Vollmacht zugeschoben, alles Nötige zu unternehmen, einen fähigen Hexenmeister heranzuziehen. Über die notwendigen Ausgaben sollte nur hinterher eine Scheinrechnung aufgestellt werden, und jedermann mußte natürlich sehr darauf achthaben, daß weder der eigene Ruf und die Seligkeit, noch das Ansehen des Rats gefährdet wurden. Im übrigen konnte die Stadt gewiß und getrost ihren Nutzen daraus ziehen, daß gelehrte Männer hier und dort auf eigene Verantwortung und Gefahr heimlich als Geisterbanner wirkten.

So entsandte also der Dritte Bürgermeister noch am gleichen Abend in größter Heimlichkeit seinen vertrauten Schreiber an den berühmten Magister Sagittarius, der im Braunschweigischen wohnte. Der Bote kam schon am anderen Nachmittag an, doch wartete er, bis die Straßen jener Stadt dunkel waren, ehe er den gelehrten Mann aufsuchte.

Dieser Ratsschreiber war seiner Natur nach weder neugierig noch ängstlich. Fast schon durch ein Menschenalter hindurch war er ja der Herr darüber gewesen, ob das, was immer auch geschah, in der Schriftenkammer eines berühmten Rathauses aufbewahrt werden sollte, oder ob es vergessen werden mochte. *Wenn der Magister erst wieder lebendig von der Feuerblüse heruntergekommen sein wird,* lächelte der Schreiber in seinen spitzen Bart, als er auf den Marktplatz einbog, *dann hat er auf jeden Fall schlimmere Dinge überstanden, als er von mir hören soll.* Dieser Mann wußte über alles genau Bescheid, obwohl er noch nie draußen an der See gewesen war.

All solche Kunststückchen muß ihm ja zuletzt doch die Kundschaft bezahlen, dachte er nur, als er sich dem düsteren, schmalen und hohen Haus des Geisterbanners näherte. Oben hatten plötzlich die beiden Giebelfenster mit leisem Rasseln zweimal die Fensterläden wie Augenlider auf und nieder geschoben. Der Schreiber machte sich auf ein hartes Feilschen um den Lohn für die Austreibung des Grieper-Spuks gefaßt.

Die beiden Männer saßen dann in einem großen, häßlichen Zimmer auf kleinen Eckbänken vor dem Kamin. Der Weinkrug stand auf einem Schemel zwischen ihnen, aber sie tranken nur sparsam, weil jeder dem andern mißtraute. Wenn der Teufel die große Stadt bedränge, meinte der Magister, der schlaff im Sessel hing und die Augenlider noch nicht gehoben hatte, so sei nur wenig Ehre für ihn damit zu gewinnen, wenn er der Kirche eigenmächtig vorgreife. Und wenn ihm das gefährliche Unternehmen mißlänge, so werde die große, fromme Stadt ja doch all seine Kühnheit und sogar auch sein letztes Andenken schmachvoll verleugnen.

Jeder muß leben von der Kunst, die er gelernt hat, sagte der Schreiber sanft. Und er bot zunächst die Hälfte von der Summe, die der Bürgermeister mit ihm veranschlagt hatte.

Euch mangelt gewaltig das Studium, Mann, stieß der Magister verächtlich hervor. Aber als der Schreiber nun zehn Taler mehr bot, wurde der große, bleiche und fette Gelehrte plötzlich auf eine hinterhältige Art zornig. *So sollst du wenigstens mit deiner Nase riechen,* drohte er auf lateinisch, *wie verehrungswürdig meine Gelehrsamkeit ist.*

Der Schreiber wollte die Großtuerei abwehren, aber der andere hatte mit häßlichem Kichern schon ein Buch aus der Tasche gezerrt. Es war klein und in Schweinsleder gebun-

den, und der Magister begann mit gesenkten und zuckenden Augenlidern in einer unbekannten Sprache laut und leierig von hinten nach vorn daraus zu lesen. *Also, laßt sehen,* sagte der Schreiber seufzend, *wie stark Eure dienstbaren Geister sind.*
Und sofort sah er auch, wie sich die Asche unter dem Kaminfeuer zu heben begann. Plötzlich rutschten die Scheite auseinander. Und nun drängte sich ein greuliches, faltiges Tiergesicht heraus, und ein schuppiges Wesen, groß wie ein Halbjahrsschwein, und immer neue dieser Art traten hinter ihm her aus dem Kamin. Sie huschten mit klappernden Krallen erst in die fernste Ecke der Stube und machten sich dann schnuppernd an den Schreiber heran. Hinter ihnen aber dunstete ein so kalter und widriger Gestank empor, als ob uraltes Granitgestein verfaulte. *Ich werde Eurer Stadt von dem Grieper-Spuk abhelfen,* unterbrach der Magister sein Lesen und blickte auf die Beine des Schreibers. *Aber es muß bezahlt werden, was meinem großen Studium gebührt. Denn Euer Spuk ist nicht vom Teufel, sondern von der Natur, die Ihr jetzt riecht.*
Jede Arbeit auf dieser Erde bringe gewiß auch einmal ihre Merkwürdigkeiten, sagte der Schreiber und bot fünfzig Taler mehr. Er zog die Beine auf die Bank, schloß die Augen und hielt sich die Nase zu; denn dieser Geruch war in der Tat seltsam und kaum zu ertragen.
Ich glaube, du hartgeprügelter Esel meinst, höhnte der Magister, *daß unsereiner bei einem solchen Unternehmen nur die Augen zukneift und vor sich hin schlägt, wo es eben gerade so trifft. Die Stadt soll mir dafür zahlen, daß auch das Kleinste im voraus studiert und bedacht werden muß, was zu tun ist.* Aber der Unterhändler sagte nur hüstelnd vor Ekel, er werde jetzt schlafen gehen.
Schließlich einigten sich die beiden dahin, daß der Unterschied zwischen Angebot und Forderung gehälftet werden

... und ein schuppiges Wesen, groß wie ein Halbjahrsschwein,
und immer neue dieser Art traten ... aus dem Kamin.

sollte. Dann begann der Geisterbanner wieder sein Buch richtig herum zu lesen, und eins der Tiere nach dem anderen drückte sich in das Kaminloch zurück. Aber als schon das letzte davorstand und der Schreiber seine Beine wieder ausstrecken wollte, hielt der Gelehrte noch einmal inne.

Außer für sich selbst, verlangte er, müsse er während der Unternehmung von der Stadt auch alle Bequemlichkeit haben für seinen Famulus Gätlein, den er benötige, und zudem vier Silbergroschen als Geschenk für diesen.

Der Schreiber winkte erschöpft, daß es gelten solle, und der andere las weiter, bis auch von dem letzten Tier nur noch eine Schwanzspitze zwischen den Scheiten hervorsah. Und dann mußte der Schreiber auch noch einen tüchtigen Arbeitsmann von der Stadt bewilligen zur Bedienung und alle gewöhnliche Arbeit, weil dergleichen zwei so gelehrten Männern nicht zugemutet werden dürfe.

Nach diesem glücklichen Abschluß ihrer Verhandlungen tranken sie noch in Freundschaft miteinander und jetzt auch mit unbehindertem Durst. Der Schreiber hätte gern noch einige Kunststücke gesehen, *da ich doch nun weiß,* lächelte er und tätschelte den Weinkrug, *was für ein wahrer Magus ihr seid.*

Aber das gedunsene Gesicht des Geisterbanners wurde nur faltig und müde, und er winkte ein wenig mit der linken Hand. Sofort antwortete dem Schreiber eine Stimme, aber sie kam aus dem Hals des tönernen Gefäßes. *In den Städten sind die Leute zu klug für uns,* sagte der Krug ehrbar wie ein dickes Schulkind.

Der Schreiber lächelte. Aber die Stimme hatte ihn mitleidig gemacht. So meinte er, daß es dem Geisterbanner doch vielleicht nützen könne, wenn er ihm auch die Meinungen der Fischer und Seeleute über den Grieper-Spuk nicht vorenthielte.

Und hier riß der Magister in einer merkwürdigen Erregung zum ersten Male die Augen auf, und der Schreiber staunte, wie hellfarbig und hart sie schimmerten. Es gezieme ihm nicht, sich mit den Meinungen der Einfältigen zu befassen, wenn man die Bücher habe wie er, schalt er. Wer sich darauf verstehe und mit den Instrumenten versehen sei, für den seien daher die höllischen wie auch die gespenstischen und elementarischen Erscheinungen nichts als hilflose Gegenstände seiner Wissenschaft und würden als solche von ihm nach Gefallen ausgerottet.

Aber plötzlich seufzte er, und das ganze Zimmer schien von seiner Bedrücktheit und Schwermut dunkler zu werden und ganz still.

Der Dritte Bürgermeister habe aber ebenfalls keine geringe Meinung von der Wissenschaft, versicherte der Schreiber, um der Unterredung voranzuhelfen. Es werde ihn gewiß freuen, diese oder jene Neuigkeit zu erfahren.

Da aber blies der Magister den Schreiber zornig an, es sei der Erniedrigung genug, daß Schwarzkünstler seinesgleichen um schnödes Geld das Leben wagen müßten. Der Schreiber zog seine Beine schon wieder zurück, weil ihm erneut etwas von dem steinernen Gestank aus dem Kamin zu dringen schien.

Aber der Magister schaute ihn nur voll an. *Als euer feiler Kundschafter und Mordbrenner schleicht sich unsereiner über die Grenze,* stieß er hervor. Und die Augen, aus denen er dabei starrte, erinnerten den Schreiber an die Seevögel in den Käfigen, die mit den Schiffen vom Eismeer manchmal lebendig in die Handelsstadt mitgebracht wurden.

Aber Einfalt ruft es manchmal, sprach der Zauberer und schaute wieder finster vor sich hin, *die geht plötzlich geradeaus und schleift die Grenze mit ihrem Schreiten weit voran und weiß nichts davon. Ach, verlangt doch nicht*

auch noch, schloß er, *daß unsereiner sich mit euch Popanzen Geschichten erzählt!*
Unser Vertrag geht jedenfalls in Ordnung, beschwichtigte der Schreiber. Aber der Unterhändler der Stadt war zufrieden, daß aus all diesen dunklen und hochmütigen Reden hervorzugehen schien, daß der Auftrag, wenn er überhaupt durchgeführt werden konnte, einem geeigneten Mann übertragen war.

Am folgenden Nachmittag, zu der Zeit, da sich der Schreiber auf seiner Rückreise der Stadt schon wieder näherte, sprach draußen in der Hütte südlich von der Strommündung der Strandvogt mit Ole Manders' alter Hexenahne. Er hatte alle Leute aus der Stube geschickt und saß schwer vor Besorgnis allein auf der Eckbank. Den Holzkasten mit der alten Frau hatte er ganz in den Winkel zurückschieben lassen.
Die Fischersleute hier in den paar Häusern halten doch allerlei von Eurem Wissen, sagte er, *und aus der Stadt habe ich Nachricht, daß hier nichts geschehen soll. Der Spuk draußen wird im Winter von der Geistlichkeit ausgetrieben, sobald Ostwind kommt und sie mit Wagen bis zur Feuerblüse hinauskommen können. Aber es paßt mir nicht,* grollte er, *daß wir das Unwesen noch zwei Monate in der Nähe haben sollen. Ich befehle Euch, unter dem Bann der Stadt zu sagen, was Ihr davon meint.*
Die Frau schaute verschlagen und ängstlich zugleich zu ihm hinüber. *Vielleicht kann ich in Eurer Hand etwas sehen,* sagte sie und kramte in ihrem Kasten nach dem Knäuel.
Der Strandvogt mußte die Hand am Randstein des Kamins schmutzig reiben und fest zusammendrücken und ihr die Fläche zeigen. *Dem großen Grieper hat die Stadt draußen eine feine Wohnung errichtet,* plapperte die Ahne wichtig-

tuerisch, *und er wird satt genug werden von den vielen Leuten aus der Stadt.* Und sie wollte ihm geschwind das Handgelenk umwickeln.

Du lügst ja, alte Hexe! rief der Vogt. Er schlug ihr auf die Hand, daß ihr das Knäuel auf den Boden entrollte. *Ihr seid hier ja alle kindisch vor Angst,* sagte er dann gutmütig, *ich will euch doch bloß helfen!*

Die Ahne schluchzte plötzlich ohne Tränen. Sie war ja uralt. *Gebt mir noch einmal die Hand,* würgte sie heraus, *jetzt will ich Euch sagen, was ein unwissendes Geschöpf sehen kann.* Der Vogt brummte, tat ihr aber den Willen.

Es beginnt sich ja schon alles zu ordnen, flüsterte die Hexe. *Zur Vollmondzeit wird die Blüse wieder brennen, und Ihr werdet am Nachmittag mit Eurem Boot hinausfahren und selbst sehen, daß nichts Schlimmes mehr auf dem Sand ist.*

Jetzt lügst du ja noch viel ärger, schnauzte der Vogt und wandte sich enttäuscht ab, um aus der Stube wieder an die Luft zu kommen. Die Ahne wimmerte noch hinter ihm her, er dürfe dann auch nicht vergessen, die neue Ankerkette in seinem Boot hinauszunehmen.

Das ist das einzig Merkwürdige an dem Gefasel, brummte der Vogt, als er die Tür aufstieß. *Woher kann sie in ihrem Holzkasten nur wissen, daß eine neue Ankerkette aus der Stadt für mich unterwegs ist?*

Nach der Rückkehr seines Schreibers beeilte sich der Dritte Bürgermeister, das Unternehmen rasch und ohne falsche Sparsamkeit in Gang zu bringen. Wenn der Magister Sagittarius Erfolg hatte und die Flotte in den ersten Tagen des abnehmenden Mondes noch hereinkam, verschwanden ja alle Kosten spurlos im neuen Gewinn. Wenn es aber mit der Blüse auch diesmal ein Unglück gab, konnten die Ausgaben später immer noch leicht in die gewaltige Rechnung für die kirchliche Austreibung des Spuks geschoben werden.

Daß der Magister sich einen Mann zur Hilfe ausbedungen hatte, war dem Bürgermeister nicht unlieb, weil die Vorgänge von der Stadt auf diese Art beaufsichtigt werden konnten. Der Schreiber hatte ihm berichtet, es gebe unter den Stadtknechten einen Rottenmeister, der ›Doppelturm-Konrad‹ genannt. Der habe sich unter seinen Kameraden gerühmt, daß er sich schon längst einmal gewünscht habe, eine Nacht auf der Feuerblüse zuzubringen. Es sei auch wirklich ein ungeschlachter Kerl und ein großer Esser. Aber wie der Trunk zur Geschwätzigkeit führt, so macht ja die Gefräßigkeit eher verschwiegen und listig. Der Bürgermeister nickte und befahl, daß man diesen Mann sogleich zu ihm hinaufschicke.
Während er in seiner Schreibkammer saß und wartete, hörte er denn auch bald von unten über die Stiege herauf ein schweres Tappen und Eisenklirren bis vor seine Tür kommen. Und als er gerufen hatte, einzutreten, drückte es sich wirklich wie ein doppelter Turm von einem Kriegsmann durch die Tür.
Alles an dem Rottenmeister Konrad fing oben klein an und wuchtete nach unten übermäßig breit und schwer aus. Sein Kopf war nur winzig, rund und kahl. Aber schon unter dem hängenden Schnurrbart saß ein Kinn wie eine Pultlade. Die Hände des Mannes waren furchterregend. Das Seltsamste aber waren seine Beine. Eine Krankheit hatte sie zu so unförmigen Säulen ausschwellen lassen, daß ihm die Zehen nur noch wie Knöpfe am Rande der runden Sohlen sitzen konnten. Damit er in seinen Faßstiefeln dennoch festen Fuß bekam, hatte er sich Eisenplatten unter die Sohlen nieten lassen, und deshalb stampfte und klirrte er so ungeheuerlich einher.
Als erfahrener Regent in einer Seestadt fuhr der Bürgermeister diesen Gewaltmenschen sofort leise und zugleich heftig an, was er mit seinen Prahlereien wegen der Feuer-

Alles an dem Rottenmeister fing oben klein an und wuchtete nach unten übermäßig breit und schwer aus.

blüse gemeint habe. Ob er etwa den Teufel nicht zu fürchten brauche?
Der Rottenmeister verwahrte sich bestürzt und mit heftigem Schnaufen gegen solchen Verdacht. Er brachte umständlich aus seiner Tasche ein Tuch hervor – und aus ihm eine beinerne Kapsel – und daraus wieder ein Stück Kreide. Das stamme aus einem spanischen Wallfahrtsort, murmelte er, und man brauche nur ein Kreuz damit zu zeichnen, und seine ungeheure Hand schob mit beredter Gebärde eine ganze Hundertschaft von Teufeln hinter sich. Aber das andere sei schon richtig, fuhr er fort, daß er auf der Feuerblüse Dienst gesucht habe, seitdem sie gebaut worden sei. Er rollte verlegen die Augen. *Vor langen Jahren,* gestand er, *haben mir Zigeuner aus dem Spiegel den Spruch gelesen, wie sich die Mißgestalt dieser Beine noch einmal verlieren kann. Und wenn es bisher Aberwitz war, so deutet es jetzt doch auf die Feuerblüse:*

Auf einem Land, über das Wasser geht,
auf einem Turm, durch den aller Wind weht,
neben einem Feuerherd, der auf dem Dach steht.

So werde er sich also getrauen, schnitt ihm der Bürgermeister die Rede ab, während er in seinen Schriften blätterte, zwei Hexenmeister auf einem Handstreich gegen die Teufel auf der Feuerblüse im Auftrag der Stadt zu begleiten?
Mit Künstlern habe er nicht gern Umgang, keuchte der Rottenmeister. Aber dann grinste er roh und klopfte auf seine Pistolenhalfter. Man solle ihm die Teufelsdoktoren so in die Hand geben, sagte er, daß er im Namen der Stadt über ihr Tun wachen und sie notfalls ungestraft ums Leben bringen könne, wenn ihm die Sache verdächtig werde.
Der Schreiber räusperte sich warnend, aber der Bürgermeister nickte nur. Nunmehr hörte Konrad sich die näheren Anweisungen mit immer zufriedenerem Schnaufen an, besonders die Weisung, mit den Talern gleich aus dem Sack

und ohne Rechnungslegung zu wirtschaften. Der Stadtknecht merkte mit der Listigkeit der Fresser bald, daß gewisse Dinge bei dem Auftrag nicht ausgesprochen wurden und für ihn daher die Gelegenheit zum Fordern günstig sei. Da vom Rat der Stadt gewünscht werde, flüsterte er geheimnistuerisch, daß seine Fähigkeiten sich unter Umständen, die man besser nicht sage, gleichwohl bewähren sollten, sei es jedenfalls gut, ihn bei guter Laune zu halten. Der Bürgermeister seufzte. Der Rottenmeister aber schlug vor, daß er nach geheimer und erfolgreicher Rückkehr noch einen ganzen Monat lang auf Kosten der Stadt sein gutes Auskommen haben solle. Die blanken Taler, wie man sie auch den Geisterbannern hinschieben wolle, könne er doch nur wenige Tage zusammenhalten. Der Bürgermeister dachte an das Gerücht vom Grieper-Spuk und die zwei Schabelöcher in den Fersen, und trotz der Eisenplatten, auf denen dieser Doppelturm stand, überkam ihn jetzt fast das Mitleid. Doch während er die gewünschte Belohnung versprach, wurde er schon wieder streng und befahl dem Stadtknecht, wenn auch nicht bei der Verpflegung unterwegs, so doch bei allen übrigen Aufwendungen dieses Unternehmens nach besten Kräften mit dem Geld der Stadt zu haushalten.

Das Wetter blieb in diesen ganzen Tagen still und bewölkt. Schon am nächsten Abend ließ sich der Rottenmeister am Hafen in die Dunkelheit und den Sprühregen über den Strom hinein vom Bootsmann eines Schweden übersetzen. Am Abend darauf traf er dann wie verabredet in einer fremden Stadt mit dem Magister und seinem Famulus zusammen.

Der Famulus spähte schon aus der Tür der Herberge und winkte dem großen, heraufstampfenden Kriegsmann, ohne Aufsehen mit ihm gleich in die Stube des Magisters zu kommen.

Trag du das Windlicht, flüsterte er. *Ich muß die Stiege hinauf neben deinen Stiefeln bleiben und das Trampsen mit dem verkehrten Blasebalg aufziehen, ehe der Schall ins Haus entweichen kann.* Der Doppelturm-Konrad schmunzelte, als er in der Tat zum ersten Male seit langen Jahren lautlos über Holzstufen stieg, so sehr er auch stampfte. *Ja, das ist das Windlicht, dessen Schein taub macht,* nickte er gnädig. Der Famulus war flink und dicklich, und ein beweglicher Katerbart sträubte sich aus seinem gutmütigen Gesicht, als er nur schmunzelte.

Im Zimmer saß der Hexenmeister und las vor einem Talglicht, das auf dem Tisch flackerte.

Und hier runzelte der Stadtknecht besorgt die Stirn. Auf einen Anführer mit einer so unansehnlichen Rückseite, wie sie ihm der große, aufgeschwemmte Mann dort am Tisch zukehrte, hätte Konrad nach seiner bisherigen Erfahrung keinen halben Groschen gewettet. Der Gelehrte war in seine unsaubere, schwarze Kleidung hineingezwängt, als ob er aus lauter Sparsamkeit die Erbschaft von seinem jüngeren Bruder auftrüge. Es stimmte den Kriegsmann auch nicht ehrfürchtiger, wie der Famulus stumm die brauen Augen rollte und mit den Daumen in die Zimmerecken wies. Freilich lag da mannshoch aufgeschichtet eine Ladung tragegerecht verschnürter Gestelle und Geräte, aber als Schanzzeug und Geschütz für einen Krieg gegen den bösen Teufel erschien Konrad das alles nur wie ein Spielzeug.

Er stellte seine Stampfbeine auseinander, und jetzt hörte er sich selbst auch wieder auftreten.

Dann drehte der Magister dem Eingetretenen langsam sein übergroßes, bleiches Pferdegesicht zu, aus dem eine wulstige Schnüffelnase wie ein Handgriff hervorguckte, und starrte ihn aus harten, hellen Augen an. Der Rottenmeister mußte plötzlich den Mund fest zusammenpressen. Der Fa-

Im Zimmer saß der Hexenmeister und las vor einem Talglicht ...

mulus war mit dem Blasebalg ans offene Fenster getreten. Draußen über die dunkle Gasse hinweg brach unten sofort ein kurzes Gepolter los, als ginge das Tor einer unsinnig rasch stampfenden Walkmühle auf.

Es wird Euch hoffentlich noch unverdächtiger sein, daß unsere Kunst kein Blendwerk ist, sagte der Magister hämisch und schob ihm eine Pistole zu, die auf dem Tisch gelegen hatte. Sie kam dem Rottenmeister bekannt vor, und als er an seine Lederhalfter griff, fühlte er, daß sie leer waren. Der Magister hängte die Nase schon wieder in sein Buch. Als der Famulus den Stadtknecht in seine Kammer schob, flüsterte er mit einer fahrigen Handbewegung: *Für einen Neuen wie dich wird es bei uns manchen Spaß geben.* Aber dem Rottenmeister schmeckte das Essen an diesem Abend nur wenig.

Sie kauften am anderen Tage in der Stadt ein, was sie für die Unternehmung als notwendig erachteten, und bei den Lebensmitteln und Getränken verstanden der Stadtknecht und der Famulus sich vortrefflich. Ein Planwagen wurde beladen, und sie streuten am Vormittag noch rasch aus, daß die Reise nach Celle im Hannoverschen gehe. Unter den Pfaffen durfte ja kein Gerede über eine eigenmächtige Unternehmung der großen Stadt gegen den Grieper aufkommen.

Eine Stunde vor Mittag standen sie reisefertig im Hof der Herberge. Dem Rottenmeister war alle Munterkeit vergangen. Sein Bauch schien ihm wie mit Erde gefüllt auf dem Doppelturm seiner Beine zu lasten, als er unter das Wagentuch geschaut hatte. Oben auf dem vielen, seltsamen Gepäck lagen zusammengefaltet drei andere Gesichter, die sie später anlegen wollten.

Auf dem Rathaus in der großen Stadt haben sie das ja ganz genau gewußt, flüsterte er Gätlein zu, als der Fuhrmann mit den Pferden heranschlurrte. *Was?* fragte Gätlein, und

der Stadtknecht flüsterte: *Warum es besser ist, unsere Ausfahrt gegen den Grieper-Spuk allen Leuten und den Pfaffen noch vor allen andern so über die Maßen zu verbergen. Wer wird nach uns später noch fragen können? Tanzen wir nicht hier an diesem frischen Morgen auf dem hellen Hof schon wie das Gespenstmännlein in der Glasflasche beim Apotheker?*
Du hast gestern abend zuviel gegessen, sagte Gätlein munter. *Bis zum Mittagessen ist das schon in Ordnung gekommen.* Aber der Rottenmeister spannte seinen Bauch und murrte, daß er sich selbst schon gegen die Teufeleien auf der Feuerblüse werde zu schützen wissen.

Wenn wir zufahren, sagte der Fuhrmann, als sie sich dem ersten Kreuzweg auf der Landstraße näherten, *dann können wir uns an die zwei Wagen dort, einen Büchsenschuß vor uns, hängen. Ich kenne die Fuhrleute gut, und sie fahren nach Celle zurück.* Der Magister war im Stroh unter der Plane eingenickt, und der Famulus berührte ihn erschrokken am Knie.
Wenn unsere Sache schon jetzt unter die Fuhrleute kommt, flüsterte der Rottenmeister böse, *dann stürze ich den Wagen und Euch obendrauf von der nächsten Brücke in den Fluß und marschiere mit dem Geldsack bis zu den Türken.*
Aber der Magister blinzelte nur schläfrig an seiner Nase vorbei nach den beiden Wagen vorn und nahm zugleich das Schloß aus einer kurzen Büchse, die er aus dem Gepäck hinter sich zog. *Würdest du, wenn du durch das leere Rohr zielst, die Wagen vorn treffen können?* flüsterte der Famulus und reichte die Büchse geschäftig dem Fuhrmann auf den Vordersitz. Der Kerl grinste töricht: *Dem zweiten mitten auf die Plane!* und zog den Hahn der Büchse ab. *In meinem Schießzeug sitzt aber der Boden noch fest,* murrte Konrad.

Aber als die zwei Wagen vor ihnen den Kreuzweg erreicht hatten, bogen sie linker Hand nach Süden ab. Der Famulus stieß jetzt dem Fuhrmann eine alte, schmierige Gabel in den Hinterkopf und steuerte ihn damit kurz darauf rechter Hand nach Norden.
Hast du denn nicht gesehen, beschwichtigte er den Stadtknecht, *wie der Meister vorhin das Büchsenschloß hinter ihn hielt, als er abdrückte? Der Fuhrmann hat sich selbst hinübergeschossen. Wie wir hier seinen Balg mit der Traumgabel auch lenken, fährt der Esel dennoch die ganze Zeit hinter seinen Bekannten her nach Celle. Und jetzt wollen wir die anderen Gesichter überziehen.*
Es könnte einen ja beinahe beruhigen, schimpfte der Rottenmeister aus dem großen Bart eines Juden heraus, *daß Ihr Euer Handwerk so fabelhaft versteht.*
Aber laß dir aus dieser neuen Nase nicht den Vorwitz kommen, warnte der veränderte Famulus, *daß du meinst, auch deinesgleichen könne einen Fuhrmann mit einer solchen Gabel lenken.* In einem weit entfernten Dorf läutete die Mittagsglocke. Dem Stadtknecht war aufs neue unbehaglich zumute.

Zwei Tage lang reisten sie nordwärts, bis sie sich wieder der Mündung des großen Stromes näherten. Sie vermieden die Straße, die beim Hause des Strandvogts endete, quälten sich über einsames Wiesenland und schliefen nachts auf dem Wagen. Schließlich belebten niedrige Dünen und Heide die weite Marschenfläche, und am nächsten Abend sahen sie von einer kleinen Höhe aus ganz fern den grauen, blanken Spiegel der See. Konrad, der die Gegend kannte, zeigte den beiden anderen mit besorgtem Stirnrunzeln einen schwarzen senkrechten Strich in der wässerigen Einöde draußen; das sei nun die Feuerblüse. Sie schauten lange hin.

Wenn sich dort draußen viel aufhielte, müßte es ihm aber jetzt hinten wie ein Wetter abgehen, sagte der Famulus endlich geringschätzig. Er hatte ein paar Weidenruten aus einem Korb gerissen, eine Brille daraus gemacht, sie einem Pferd aufgesetzt und dem Tier den Kopf festgehalten, nach ihrem Ziel hin. Aber der Magister, der von der langen Fahrt steif und verdrossen war, verwies ihm alle Spielerei. *Man wird wie ein Bär von euch mitgeführt,* brummte Konrad.

Als sie den Wagen nachher in eine Dünensenke gefahren hatten, verbot der Rottenmeister barsch, daß Feuer angezündet würde. Mit einbrechender Dunkelheit pflegten sie sonst im Stroh des Wagens zusammenzukriechen. An diesem Abend aber wollte Konrad, in seinen Mantel gewickelt, als Wachtposten auf der Düne schlafen.

Da unten ist ja keiner, murrte er vor sich hin, als er durch den Sand emporstapfte, *bei dem es Freude macht, daß er einem die Seite wärmt.*

Die ganze Gnadenlosigkeit des Grieper-Spuks empfand er, als in der Totenstille der Dämmerung sich die Weite unter den Wolken um ihn ausbreitete. Und das fremde Gesicht, das der Stadtknecht trug, spannte sich unter einem feigen Grinsen.

Einen Vormittag lang mußten sie sich noch durch wegloses Gelände nordwärts vorarbeiten, dann endlich schob sich der erste Wasserlauf, der aus dem Watt hereinkam, an sie heran. Es war gerade Flutzeit, und der Priel lag, randvoll bis an die Rasenufer, unbewegt und grau in der diesigen Luft. Der Rottenmeister hatte damit gerechnet, an diesem Wasserlauf entlang bald auf die Hütte und das Boot eines Fischers zu stoßen. So konnten sie heimlich zur Feuerblüse hinauskommen, und der Fuhrmann mußte auf ihre Rückkehr mit dem Wagen bei den Fischern warten.

Die Hütte am Priel und seitlich davor der kurze, getakelte Mast des Bootes waren im niedrigen Dünenvorland schon eine halbe Stunde vorher zu sehen. Dann mühten sie sich noch einmal hinter einer flachen Erhebung durch Weidengestrüpp, das in runden Haufen wucherte. Alles lag in völliger Einsamkeit. Endlich aber sahen sie vor sich einen Fußweg, der zur Hütte führen mußte. Der Fuhrmann ging steif neben den erschöpften Pferden. Die drei Männer stapften neben dem Wagen her. Im Sand waren keine Schritte zu hören, nur das Lederzeug ächzte, und der Wagen polterte manchmal. Unter dem bewölkten, riesenhohen Himmel war jetzt im Herbst nichts als schwüle Vormittagsstille. Als sie dem Fußweg immer näher kamen, wurde dem Rottenmeister auf einmal der ganze Aberwitz ihres Unternehmens bewußt.
Er blieb schnaufend stehen, weil er das ewige Knirschen des Sandes unter seinen Eisensohlen nicht mehr hören konnte. Das Bild der zwei anderen Männer samt Wagen und Fuhrmann und Pferden rückte sogleich mit leisem Schwanken immer weiter fort von ihm auf den Fußpfad zu. Der Knecht verzog seinen Mund, so daß der fremde, häßliche Bart knisterte. Er stand gleichsam an einem Kreuzweg: Links führte der kleine Weg ins Land zurück und rechts zu dem Boot, das auf dem grauen Wasser dümpelte. Die schwüle Stille machte es wohl, daß Konrad hinten in seinem Kopf, ganz laut auf einmal die krähende und knatternde Stimme seines alten Feldhauptmanns rufen hörte: *Auf sie, Kinderchen, auf sie!*
Mit einer Ruck hatte der Stadtknecht das Handrohr aus dem Pistolenhalfter gezogen und auf den Rücken des Magisters angelegt. Nur eine Bleikugel konnte es noch wenden, daß er willenlos weitermarschieren mußte mit diesen schrecklichen Alleswissern, eine Bleikugel mitten hinein in die paar Handbreit schwarzen Tuches, die sich da vorn ste-

Die schwüle Stille machte es wohl, daß Konrad ... auf einmal die ... Stimme seines alten Feldhauptmanns rufen hörte: *Auf sie, Kinderchen, auf sie!*

tig hin und her schwankend immer mehr von ihm entfernten. *Du wirst dem Bürgermeister nichts flüstern, Aaskrähe,* dachte Konrad grimmig und riß den Hahn durch.
Der Kolben der Waffe ruckte hart in seine Faust zurück, und die Rauchwolke sprang vor ihm auf und zog langsam nach oben. Aber der Schuß hatte nur schwach geblafft. Einen Augenblick später fühlte der Stadtknecht etwas gegen die Finger seiner linken Hand schlagen. Als er zugriff, hielt er die heiße Bleikugel.
Steckt sie weg und kommt doch endlich, rief die Stimme des Magisters durch den Dampfschleier. Als der Rottenmeister ein paar Schritte vorwärts tat und wieder sehen konnte, bog der Wagen gerade am Fußweg nach rechts ab. Die beiden Zauberer aber hatten haltgemacht und sich umgewandt. Dem Magister standen die eisblauen Augen unbewegt in dem fremden Antlitz. Konrad schob sich mit einem Stiergesicht heran.
Mit dem Schießen wird auf dieser Reise nur das Geld der großen Stadt verschwendet, sagte der Magister mit ruhigem Lächeln. *Aber wir sind ja auch schon so weit gereist, daß Euch diese Versuchung erspart werden kann.* Damit zog er sich die falsche Haut vom Gesicht. Der Famulus aber trat heftig schnaubend an den Rottenmeister heran und riß ihm das ganze mörderische Aussehen wie einen Lumpen beim Bart weg. *Komm doch bloß, du Taps,* flüsterte er. Als Konrad wieder neben dem häßlichen, schlaffen Mann mit den seltsamen Augen dahinschritt und sie seewärts in den Fußweg einbogen, mußte er sich plötzlich bücken. Mit der Gebärde, die er bei den wendischen Söldnern oft verspottet hatte, versuchte der Doppelturm, dem andern die Hand zu küssen.
Ja, sie sind wenigstens sinnreich, diese Künste von Spionen, sagte der Magister. Aber sein Lächeln war jetzt unfroh, als bedrücke ihn eine Niedrigkeit.

Ihr braucht mir nur die Gelegenheit zu schaffen, draußen auf der Feuerblüse, prahlte Konrad. Nach der Art grober Menschen fühlte er, daß er sonst der Scham über sein Verhalten nicht Herr werden konnte. Er ließ das Tageslicht auf der breiten Fläche seines Enterbeiles spielen. *Ihr könnt Euch schlafen legen,* schnaufte er, *wenn der Teufel da draußen hiermit zerhackt wird. Und Ihr sollt gleichwohl allen Ruhm von dem Unternehmen haben, wenn nur fest geschwiegen wird.*
Gut, daß ich unten neben mir jetzt deinen Bauch und deine Turmbeine vor Augen hatte, sagte der Magister finster. *Wenn sich das alles nicht so gewaltig vor mir aufgetürmt hätte, wäre dein Geprahle mir verdächtig vorgekommen. Ein feines und höhnisches Spiegelglitzern kommt ja manchmal aus dem Helleren, das hinter den Himmelswänden unser trübes Weltgehäuse umschließt. Aber, du Klotz bist gewiß nicht einfältig.* Er seufzte. Unter dem weiten Wolkenhimmel schien es jetzt dunkler und stiller geworden zu sein.
Mit Euren Künsten und mit Eurem Konrädchen hier werden wir's dem Gottseibeiuns fein besorgen, lachte der Stadtknecht roh. *Und diese zwei Beine will ich bald im Tanz schwingen, wie mir's gespiegelt worden ist.*
Halt's Maul! stieß ihm der Famulus die Faust gegen den Schenkel. *Dem nächsten tut er jetzt was an.*

Ole Manders war der unglückliche Fischer, über dessen Anwesen die Reisenden am frühen Nachmittag herfielen, als die Ebbe im Priel gerade hinauszuziehen begann. Die Fischersleute hockten alle in der einzigen Stube um den Grützkessel, der neben der Feuernische auf dem Backsteinboden dampfte. Die Eltern langten mit den Löffeln von der Eckbank herunter, und auch Ole hatte sich mit breiten Knien neben die Mutter geschoben. Die anderen Kinder

schlossen den Kreis auf dem Boden, und der Holzkasten mit der Ahne stand mitten dazwischen.
Niemand hatte den Wagen im Sand herankommen hören, und so sahen alle erschreckt auf, als die Tür plötzlich aufgestoßen wurde.
Der Rottenmeister, der sich unter der Decke bücken mußte und die halbe Stube auszufüllen schien, machte, der ihm anempfohlenen Sparsamkeit gemäß, nicht erst viel Umstände. *Ole Manders,* drohte er, *niemand erfährt, daß wir hier waren, und wir brauchen das Boot!*
Als der Fischer aufsprang und ein heilloses Gekreisch und Durcheinander in der Stube losging, bekam der Widerspenstige sofort die Faust des Stadtknechts so wuchtig ins Gesicht, daß er gegen die Wand taumelte.
Ausweichen, warnte der Magister noch in der Tür mit einem scharfen Zuruf, als die Ahne sich in ihrem Holzkasten herumdrehte und ihr Hexenknäuel nach Konrads Beinen warf. Aber der Kriegsmann setzte nur seinen rechten Fuß auf das rollende Ding und trat es mit der Eisenplatte fest. Er fühlte bis auf die bloße Sohle, wie es sich bewegte, aber er hielt fest und brüllte: *Auf sie, Kinderchen, auf sie!*
Der Gelehrte schrie zornig auf und sprang neben das Torffeuer. Er hatte schon sein kleines Buch aus der Tasche gezerrt und fing mit schriller Stimme wieder laut von rückwärts her zu lesen an. Sofort kroch auch das häßliche Schuppengetier aus der Glut, schlüpfte in die Stube und begann zu schnüffeln, und bei diesem Anblick und Gestank rissen die armen, unwissenden Küstenleute die Beine in die Höhe, wo sie an den Wänden nur Halt finden konnten.
Die Ahne hatte sich ganz in ihrem Holzkasten verkrochen, und die Tiere hoben das Bein an dem Kasten hoch. Nur der faule Ole rührte sich nicht. Seine Mutter mußte ihn mit zwei Backpfeifen dazu bringen, die bloßen Füße wenig-

stens auf die Bank zu ziehen, als eines der Tiere daran schnupperte. Die Schwestern heulten.

Wir kommen doch nur als Abgesandte der großen Stadt, um Euch zu helfen, sagte der Famulus zur Mutter. *Aber diese, unsere Wachthündlein bleiben jetzt bei Euch, samt Wagen, Pferden und dem halben Fuhrmann draußen,* befahl der Rottenmeister mit einer wahren Lust an den geisterhaften Hilfsmitteln ihres Unternehmens. *Niemand geht aus dem Umkreis der Hütte, bis wir euren trübseligen Grieper-Spuk mit angekettetem Bein hier wieder vorbeibringen.* Er scheuerte wütend mit seiner Eisenschale auf dem Backsteinboden herum, um das Hexenknäuel abzustreifen. Die Ahne klopfte heftig in ihrem Holzkasten.

Die Reisenden erhielten schließlich Ole Manders' Boot. Nur von einem wollte der widerspenstige Alte nicht abgehen: Sein Junge müsse mit, damit das Boot auch richtig zurückkomme. Der Famulus tröstete die aufheulende Mutter. Ein Junge lasse sich schließlich immer ersetzen, sagte er, ein Mann schon umständlicher, und das Boot, wenn man es aus der Hand ließ, überhaupt nicht in einem ganzen Menschenalter. *Um Euretwillen verspreche ich aber, auf den faulen Lümmel achtzugeben,* schloß er.

Wir müssen an Bord sein, ehe das Wasser abgelaufen ist, sagte Ole verdrießlich und ging zum Planwagen hinaus. Als die Tür aufging, sah man neben den Pferden draußen den Fuhrmann unbeweglich auf seinem Gesicht liegen. Ole schob zwei Tiere, die auf der Schwelle herumgeiferten, mit dem Fuß beiseite. Der Magister schaute mit harten Augen auf. Es wurde so still hinter dem Jungen, daß man die Haut der erbosten Geschöpfe knarren hörte. Dann kreischte das Eisen unter Konrads Stiefel wieder; er versuchte jetzt mit dem Enterbeil die Sohle abzuschaben. *Nachher, wenn wir auspacken, mache ich dir's mit dem gläsernen Meißel sauber,* tröstete ihn Gätlein.

Nach hastiger Arbeit kamen sie gerade noch mit dieser Ebbe im Boot hinaus. Ole Manders' Hütte war sogleich hinter Schilf und Dünen verschwunden und während die Ufer immer weiter zurücktraten, begann die große Einsamkeit des Wattenlandes sich über die vier Leute in dem Fahrzeug herabzusenken. Hier draußen kam ihnen das Boot ganz winzig vor; auch hatte sich eine unermeßliche Kuppel aus harter Stille rings um sie her geschlossen. Und in der Ferne vor ihnen, über der blanken Öde von Sand- und Schlickflächen, ragte finster und gewaltig die Feuerblüse auf. Das Unternehmen war jetzt in die kühle Wirklichkeit eines Spätnachmittags an der Küste eingetreten.
Es kann aber leicht noch etwas unsichtbar an deiner Eisensohle hängen, hatte Gätlein gewarnt, *diese Frau war ganz erfahren in ihren Künsten.*
Bei einem Kerl wie mir kannst du dir alle kleine hexerische Putzarbeit ersparen, hatte der Stadtknecht prahlerisch abgewehrt. *Ihr braucht mir den Teufel, der im Dunklen immer da draußen herangewatet kommt, um das Feuer auszupusten, zum Exempel mit euren hübschen, stinkigen Feuerhündchen nur vor diese Beine zu stellen. Kneten soll er sie mir, bis sie schlank werden, und zum Dank dann mein Enterbeil zwischen Ohren und Schultern bekommen, daß er's unterm Kinn vorn wieder herauskitzeln fühlt.* Er ließ den Famulus in seiner Tasche das Tuch sehen, in das die Kapsel mit der geweihten Kreide gewickelt war. *Ihr kleinen Quaduxe von Künstlern!* lachte er gutmütig. *Aber der Meister wird nach Kriegsrecht den Ruhm behalten als Ausgleich für meinen Schuß!*
Der gewaltige Doppelturm und Gätlein saßen tief im Boot und kauten mit vollen Backen. Sie winkten dem Tummelplatz des Grieper-Spuks prahlerisch mit ihren Weinkrügen zu. Der Magister aber hockte ganz vorn, und seine große, weiße Nase wies wie mit schläfrigem Mißtrauen auf ihr fer-

nes Ziel. Ole steuerte hinten, von dem vielen Gepäck fast verborgen.
Der Junge hatte aber immer wachsamere Augen bekommen, je mehr die hinausflutende Strömung begann, ihre kleine Nußschale zu wiegen und zu drehen. Von Zeit zu Zeit mußte Ole aufspringen und wricken, wenn die Strömung des großen Wassers sie aus der Richtung drehen wollte.
Zwei Stunden ging es so, dann schien die Gestalt der Feuerblüse plötzlich sehr rasch vor ihnen emporzuwachsen, und noch vor Sonnenuntergang waren sie dort. Ole ankerte auf leicht abfallendem Sand fast unter der Blüse, und die ablaufende Ebbe legte das Boot schon nach kurzer Zeit trocken, so daß sie auf das Gerüst übersiedeln konnten.
Ihr habt doch sicher so eine Schaufel ohne Stiel im Gepäck, sagte der Rottenmeister gemütlich zu Gätlein, *daß ich Eure Packen gleich die lumpigen siebzig Fuß bis auf die Plattform werfen kann.*
Aber der Magister, der sofort ungeschickt auf der Leiter emporzuklimmen begonnen hatte, schaute von oben mißtrauisch auf Ole, schüttelte den Kopf und verschwand in der Höhe. So mußten die drei alles Gepäck über den Kran nach oben winden. Hoch in der Luke der Bohlenkammer war der Famulus wie ein Star beim Nestbau zu sehen. Unten auf der Sandbank aber stand der Rottenmeister gewaltig und verschlafen und versuchte zu fühlen, wie ihm die Sonne durch die gespreizten Beine schien. *Eil dich, fauler Lümmel,* trieb er Ole zur Arbeit an. *Du scheinst dem Meister auch nicht zu gefallen.*
Als die Nacht hereinbrach, war das Wetter immer noch totenstill, und allmählich war auch das Rauschen der auslaufenden Ebbe zwischen den vielen gewundenen Sandufern in der Dunkelheit ringsum verstummt. Die vier Leute hatten sich jetzt oben eingerichtet. Das Holzkohlenfeuer

... dann schien die Gestalt der Feuerblüse plötzlich sehr rasch vor ihnen emporzuwachsen ...

brannte mit stiller rötlicher Flamme auf dem gemauerten Herd, und dicht bei ihm fanden die Menschen sich vertraut angestrahlt von Hitze und süßlichem Gestank. Es war genauso, als stünden sie auf festem Erdboden und nicht siebzig Fuß hoch in der Luft.

Aber Ole wurde jedesmal schwindlig, wenn er sich im Sitzen nach außen wandte und nach dem Metallgitter um den Rand der Plattform griff, um in die Dunkelheit hinunter zu seinem Boot zu spähen. Genau unter ihm schien es, jetzt nur noch zu erkennen als ein kleiner Schattenfleck auf dem helleren Sand, vor seinem Anker auf die Flut zu warten. Ole wußte doch von der Schlepperei her genau, daß man vierzehn Schritt vom Boot bis zwischen die Füße des Dreibeins unten zu gehen hatte. *Gewaltig war doch dieses Bauwerk der Stadt, wenn man oben darauf saß!* Ole hätte gern irgendeinen Gegenstand in die Tiefe hinunterfallen lassen, aber ihm drehte sich schon der Magen um, wenn er nur daran dachte.

Jawohl, hier kann keiner ärschlings hinten wegrutschen, wenn das Treffen nachher angeht, grunzte Konrad mit einem grausamen Soldatenblick auf den Jungen. *Heb mir diesen Fuß doch mal dicht ans Feuer,* befahl er, *da muß immer noch eine feuchte Stelle im Eisen sein.* Er bog sich die Kugelhaube aus Filz und blanken Eisenbügeln über den Kopf, zog ungeheure Handschuhe an und rückte sich das Enterbeil handgerecht heran. Ole staunte, wie nicht nur alles blanke Metall, sondern sogar jede Handbreit Tuch auf der Außenseite dieses Kriegsmannes mit Kreuzchen besät und überkritzelt war. Da hatten die Stadtleute doch wahrhaftig gewaltige Vorbereitungen getroffen!

Der Famulus schwitzte von der Arbeit an all den magischen Verschanzungen und Schleudern und Geschützen, wie sie die Kunst des Geisterbannens vorschrieb. *Ja, du mit deinem Pfaffenzauber,* sagte er zu dem kreideverschmierten

Konrad, als der Aufbau nahezu vollendet schien, *damit machst du hier doch bloß den Teufel von der nächsten Kirche an Land neugierig.* Er kniete an der niedrigen Geländerstange und schaute über den Rand der Plattform. *Da hängt ja auch schon eine kleine Fledermaus und äugt,* sagte er und stand auf. *Aber ihr gluckern die Gedärme in dieser elementarischen Einöde.*

Der Stadtknecht murrte, er richte sich nach dem, was er von diesen Sachen schon immer gehört habe. *Und hier ist von uns nun zugerüstet,* prahlte der Famulus, *wofür die große Stadt mit Grund ihr Geld ausgibt. Siebzig Fuß hoch ist dieser ganze Turmbau jetzt eine einzige Fangfalle für euren abscheulichen Grieper-Spuk geworden.*

Die beiden Geisterbanner hatten einen Zauberkreis rund um die Kohlenpfanne her auf die Kupferplatten geritzt und mit fünf Arten von Kreisen wie einen Radkranz umzeichnet. Im nördlichen und westlichen Winkel der Plattform stülpte er sich zu zwei Bastionen aus. Die Herdflammen verbargen Ole den Aufbau von zauberischem Gerät, das in der westlichen Ecke bereitstand. In der nördlichen aber konnte er ein dünnes, hohes Gestell, vom Feuer beleuchtet, aufragen sehen. An einem blinkenden Faden hing eine Kristallkugel regungslos in die Luft hinab. Sie schien nur aus dem hin- und herspielenden Widerschein der Flammen zu bestehen. *Ob das wohl das Gewaltigste hier oben ist?* dachte Ole.

Aber gerade jetzt richtete sich der Geisterbanner auf. Er schnüffelte zufrieden, wölbte den Bauch ein paarmal vor und befahl, daß alle sich in den Kreis setzen sollten, auch müsse von nun an Stille herrschen.

Über dem Feuer erschien die Höhe nun ganz dunkel unter einer riesenweit ausgespannten, dunstigen Wolkendecke. Auch die ganze ungeheure Öffnung der Welt rings um diesen hohen Platz konnte man nur noch ahnen. Aus der

Kohlenglut wuchs mit leisem Sieden immerfort die blaue Hitze. Die Flammen entstanden in der Windstille erst hoch darüber. Und um den dreiseitigen kupfernen Boden der Plattform her war alle Weite der Welt auf einmal zu einer einzigen Finsternis geworden. Der Mond würde erst nach Mitternacht so hoch heraufgekommen sein, daß sich wenigstens Boden und Luft wieder unterscheiden ließen.

Lange hockten die vier Menschen auf ihrer kleinen, matt beleuchteten Festung wie turmhoch in der Luft und schwebten weit vor allen Grenzen des Menschenlandes. Die Zeit schien hier draußen nunmehr stillzustehen. Aber wenn der Famulus die Sanduhr, die vor ihm stand, leise umkehrte, mußte ja wieder eine halbe Stunde vergangen sein. Dann erhob sich Ole steif und streute ein paar Schaufeln Holzkohlen übers Feuer. Schließlich war der Sack, den er durch die Falltür heraufgebracht hatte, schon halbleer geworden, und nicht das geringste war geschehen. Immerhin fand der Junge, daß sie alle mehr als bereit waren, und nicht nur die beiden Geisterbanner, die gewiß nur absichtlich so schläfrig taten. Wenn Ole sich wieder setzte, faßte er immer genußvoll hinter sich an den eisernen Eimer mit Pechbrokken. Damit würde er, wenn es Zeit war, das Feuer zu plötzlichem Auflodern bringen, und so gedachten sie den Grieper-Spuk in die Falle zu locken. Ole konnte sich das Verfahren vom Fischfang her gut vorstellen.

Der dicke Rottenmeister schien der einzige, der von seinem vielen Essen wirklich schläfrig war. Er sackte im Sitzen immer unförmiger zusammen. Die hinderlichen Beine schob er über den Kreis hinaus bis an den Rand der Plattform, und schließlich begann er auf eine ganz gezierte Art hoch und dünn zu schnarchen. Ole rückte das Enterbeil leise neben die Falltür, damit der Schlafende es nicht hinabstieße.

Aber ganz leise wich doch die tiefe Dunkelheit, je weiter in der Nacht die Zeit fortschritt. Es kam ein Augenblick, wo es den dreien, die hier wachten, plötzlich bewußt wurde, daß sich der ganze Zustand der Welt unmerklich schon überall verändert hatte. Durch die Wolkendecke war immer mehr graue Helligkeit in den ungeheuren Raum um die Plattform hinabgesickert, und als man die Seefläche wieder erkennen konnte, fiel auch schon durch Lücken oben über einzelne Strecken in der Weite helles Mondlicht. Für Ole war das nichts Neues; die Flut begann jetzt von Norden her einzusetzen, und die Luft verschob sich hier und dort mit ihr. Aber als der Junge den Blicken der beiden Geisterbanner folgte, sah er, daß die Kristallkugel, die vorher so unbeweglich an ihrem Faden herabgehangen hatte, leise hin und her schwankte.
Der Magister stand sofort auf und spreizte ein großes zirkelartiges Gerät auseinander, das ihm der Famulus gereicht hatte. *Bleibt jetzt schön im Kreis und seid leise,* flüsterte Gätlein und zeigte Ole dabei nach hinten drei Finger. Ole warf drei Pechbrocken auf die Glut, so daß sie sich dreimal brandig rot färbte. Wurde das Zeichen beantwortet? Die ganze kleine Menschenfestung war plötzlich lebendig geworden. Nur bei dem Rottenmeister blieb die einzige Veränderung, daß sein Schnarchen in ein röchelndes Blasen überging, nachdem der Famulus ihn gepufft hatte.
Ole flüsterte, er müsse aber rasch noch einen Sack Kohlen heraufholen. Er sprang zur Falltür, die außerhalb des Kreises im Südwinkel der Plattform lag. Gerade, als er sich mit den Beinen die Leiter hinabtastete, sah er noch, wie die Kristallkugel stärker zu schwingen begann.
Während der Junge hastig in der Finsternis der Bohlenkammer hantierte, erschien einmal über der Lukenöffnung geschwind der Oberkörper des Magisters. Es sah aus, als ob

er mit den langen Zirkelbeinen unruhig nach allen Seiten in die Luft hinein Kreise schlüge und Winkel prüfte. Dann kam auch das gute Gesicht des Famulus zum Vorschein; durch einen großen Trichter horchte er auf den Strom hinaus. *Er zischelt noch ganz weit weg,* hörte der Junge ihn murmeln. Hastig schob Ole den Sack mit den Holzkohlen aufwärts durch die Öffnung und kam mit dem Kopf hinterher. Das Kristallpendel schlug jetzt wie unsinnig immer wieder in eine andere Richtung.

Und in diesem Augenblick sah Ole als erster den Spuk ganz in der Nähe unten, und gleich darauf sahen ihn alle.

Das Mondlicht war plötzlich hart und klar über Feuer und Plattform gefallen. *Wir fahren ja durch die Luft,* hatte der schlaftrunkene Stadtknecht gebellt, der sich jetzt aufrichtete. Und die beiden Geisterbanner hatten sich in jähem Schwindelgefühl niedergehockt und an das Geländer geklammert. Denn die ganze Plattform schien mit ihnen allen turmhoch über der von Wellen geriffelten See gleichmäßig nordwärts dahinzuziehen. *Die Flut treibt doch bloß gegen uns heran,* hatte Ole gerufen, ganz verdutzt über die Unerfahrenheit sonst so bedeutender Leute.

Aber natürlich nutzte er sogleich das Mondlicht, um nach dem Boot unten zu sehen. Da lag es, jetzt deutlich sichtbar, schon ganz von Wasser umgeben und in umgekehrter Richtung wie vordem, vor seinem Anker. Und bei diesem Ausblick in die Tiefe war es gewesen, daß Ole um das hölzerne Ding unten einen dunklen öligen Fleck bemerkt hatte, der sich sehr rasch ausbreitete. Er schien das Mondlicht zu verschlucken, und er nahm an der allgemeinen Bewegung des Wassers nicht teil. Das Kristallpendel hieb mit surrenden Schlägen jetzt ganz im Kreis herum. *Da habt ihr den Grieper,* sagte Ole fast laut und zugleich befriedigt, daß die Ahne zu Hause doch ganz genau mit den Geschehnissen hier draußen Bescheid wußte.

Und in diesem Augenblick sah Ole als erster den Spuk
ganz in der Nähe unten ...

Still, bloß still! warnte der Gehilfe. Er hatte ein richtiges Fenster in einem Rahmen vor sich hingestellt und aufgeklappt und schaute den Grieper an. *Der ist vom Mond,* flüsterte er, *aber doch nicht von diesem da oben!* Der Magister sah ihm stehend über die Schulter. Ole starrte hinab. Der Rottenmeister mühte sich mit wütigem Ächzen gleichzeitig nach der Erscheinung unten und nach dem Kreise hinter sich zu spähen, den er rutschend mit seinem Hinterteil wieder zu erreichen suchte. Gleich darauf war das Licht schon wieder fortgezogen, und der Feuerschein wallte bläulich über die Plattform hinweg. Die wirbelnde Kristallkugel aber riß sich jetzt mit einem Klingen von ihrem Faden und sank zischend in die Kohlenglut. *Ein Ungeheuer, fremd auf Erden,* murmelte der Magister auf lateinisch und schaute hinter sich.

Bleibt im Kreis, bleibt im Kreis, und keinen Laut jetzt, flüsterte er mit häßlichem Drängen. Als der Famulus das Fenster zuklappen wollte, hantierte er so aufgeregt, daß es ihm aus der Hand glitt, mit heftigem Poltern über den Rand der Plattform rutschte und klirrend in die Tiefe fuhr. *Später wirst du es wohl dort nötig haben,* beschwichtigte der Magister, und der Famulus küßte ihm die Hand. Es schien endlos zu dauern, bis der Schall des Aufschlages von unten heraufkam.

Komm endlich in den Kreis, flüsterte Gätlein Ole erregt zu, *daß bloß die Falltür wieder zugeht! Wer weiß, ob diese Sorte uns nicht von unten um die Ecke auf unser kleines Floß-in-der-Nacht hinaufsehen kann.*

He! hätte der gute Mensch vor Entrüstung beinahe laut aufgeschrien. Denn in der jähen Erkenntnis dieser neuen Gefahr hatte der Rottenmeister das linke Bein angehoben und die Falltür mit seinem Stiefel zugetreten. Wäre nicht der Kohlensack dazwischen gewesen, so hätte sie Ole erschlagen. Der Stadtknecht war so verstört von dem überstürzten Beginn und der Geräuschlosigkeit des Geisterkampfes, daß er das Bein nur ausgestreckt fallen ließ und sitzenblieb und geradeaus starrte. Nur sein Kopf ruckte, als ihm der Famulus eine kräftige Backpfeife versetzte.

Und sogleich kam aus der schwarzen Lautlosigkeit unten ein scharfer Widerhall herauf. Es klang, als läge dort in der Tiefe jetzt körperhafte Finsternis. *Da ist der Teufel,* keuchte Konrad und tastete nach seinem Enterbeil. Der Magister lauerte wie ein Jäger in der Nordbastion.

Ach, Euer bißchen Fledermaus von Christenteufel, schnaubte Gätlein verhalten. Er streckte den Bauch vor und bohrte die Hände in die Taschen. *Dieser rußige Großtuer ist wie Schafleder ausgerissen, denn da unten sichten wir einen, der vor Zeiten und Aberzeiten lebendig mit unserem vorletzten Mond auf die Erde herabgestürzt ist. Und du unwissender Küstenlümmel,* wandte er sich an Ole, *bring deine Knochen endlich in den Kreis und halt uns das Feuer in Gang, wenn der Meister das Zeichen gibt, daß wir anfangen sollen!*

Ole war verwirrt herausgekrochen und stand bei der Falltür neben seinem Kohlensack. Wenn die Leute aus der Stadt sich sorgten, daß der Grieper jetzt heraufkäme, mußten sie doch das Feuer rasch auslöschen!

Euch Ungelehrten muß unsereiner doch zureden wie die Mutter dem Kind, flüsterte Gätlein und holte aus, um auch dem Jungen mit einer Backpfeife zu helfen. Aber diesmal knallte der Widerhall schon herauf, während der Famulus mit der Hand noch gar nicht angekommen war. *Die Zeit dreht sich ja schon um,* flüsterte er erschrocken und sprang neben den Magister. Doch vergaß er nicht, dabei mit der Hand auf den Mauerrand der Kohlenpfanne zu klatschen. Die beiden Zauberer nickten sich zu und deuteten in die Tiefe.

Allmählich begann der Kreidekreis, soweit man ihn oben auf der Plattform übersehen konnte, in grünlichem Licht zu glimmen. *Mein Bein ist ja noch draußen,* stöhnte der Rottenmeister, denn auch auf Hose und Stiefel glühte es. Und plötzlich leuchteten all die zahllosen Kreidekreuzchen über seiner Kleidung und Bewaffnung fein weißstrahlend auf. Sofort aber war auch für alle ein dumpfer, pfeifender Schlag in der Luft zu spüren und zu hören. Der hockende Stadtknecht japste auf und ruckte zusammen. Er sah alle seine Kreuzchen unter dem Schlag wie Staub in der Luft verfliegen, als ob ein höllischer Klopfer ihn auf einmal von oben bis unten und rundherum getroffen hätte.

Was war das? flüsterte er und spähte hinter sich. Aber da stand nur Ole. Fern von der Plattform schon rauschte die Luft wie unter Flügelschlägen. Der Famulus winkte von der Nordbastion mit der Hand höflich hinter dem landwärts flüchtenden Teufel her.

Schließen! Das mittlere und das große schließen jetzt gleich in eins, flüsterte der Magister scharf und reckte die Arme. Der Famulus drückte sich gewandt hinter ihn, als wenn er ihn nachäffen müßte. Nun begann die große magische Arbeit, und Ole wußte nicht, ob er über den Anblick lachen oder sich fürchten sollte. Er vergaß völlig, in den Kreis hinüberzutreten, obwohl ihm der Famulus immer wieder drohend winkte.

Der Rottenmeister quälte sich mühsam im Sitzen mit seinem Bein ab. Ganz schrecklich war es, wie der gewaltige Mensch in seiner Mühsal den Atem aus- und einzog. Es fiepte und schnarrte, aber an seinem rechten Stiefel, der ihm draußen über das Geländer gehakt war, zog und riß Konrad umsonst. *Faß an der Schlaufe mit an und packt euch herein,* zischte der Famulus, als die beiden Zauberer vorbeikreisten, aber Ole starrte nur auf ihr seltsames Tun.

Der Magister erschien dem Jungen feierlich und gefährlich zugleich, wie er gleich einem trippelnden Hengst mit tän-

zelnden Vorderbeinen aus dem Kreis heraus in die nächtliche Tiefe seinen Zauber ausübte. Einen zweiten riesenhaften Ring schien er mit Geräten, die ihm Gätlein wechselnd zureichte, auf die finstere Seefläche hinab zu werfen und immer enger an die Blüse heranzuzirkeln. Die Feuerpfanne sauste und raunte, und das heftige, leise Hantieren pochte dazwischen. Wenn die Hexenmeister bei dem Jungen vorbeiliefen, hörte er sie keuchen. Wie die Nähte in der engen Kleidung des Magisters jedesmal krachten, wenn er den Arm nach hinten schwang! Dann war der Famulus ihm auch schon zur Hand und vertauschte das gebrauchte Instrument mit einem neuen. Während sie dabei über das Bein des Rottenmeisters stiegen und er dem Meister rasch nacheinander mehrere Spiegel reichte, forschte der Gehilfe mit gesträubtem Katerbart, was die Zuschauer machten.
Ja, so sieht die Kunst aus, hauchte er. *Junge, pack dich doch bloß in den Kreis und bring diesem Säugling unter den Mondkalbschlächtern sein Hackbeil gleich mit! Jetzt nageln wir den wahren Gottseibeiuns unten fest, und er kann sich gleich die Beine kneten lassen für seine Hedwig!*
Aber Ole glotzte nur mit einfältigem Grinsen hinter Gätlein her, der schon wieder weit weg um die Kohlenpfanne huschte. Der Famulus verteilte jetzt ganz gewöhnliche Holzkästchen auf dem Mauerrand, und jedesmal klirrte es leise beim Niedersetzen. Der Magister war hinter dem Feuer verschwunden.
Meister, Meister, ächzte der Stadtknecht, *jemand zieht mir das Bein an einem Strick hinunter!* Aber die beiden Magier tanzten in der Nordbastion. *Kamerad, unterm Stiefel hab' ich noch das Knäuel der alten Hexe,* flehte Konrad. Von einem schrecklichen Gefühl der Verlassenheit überkommen, tastete der Gewaltmensch auf dem kupfernen Boden nach einem Halt. Erfüllt von Feuerschein und einer unerklärlichen Bewegung, trieb die Plattform sinnbetörend mit ihm

wie auf einer körperlosen Meeresfläche. Grauenvolle siebzig Fuß einer lautlosen, schwarzen Tiefe waren es, über die sie mit ihrer Last schwebte von Trappeln und Keuchen und zuweilen dem Klang eines metallenen Gegenstandes. Und vom Grund herauf fühlte Konrad etwas ungeheuer Schreckliches immer stärker an der Eisensohle seiner Stiefel ziehen. Die verfluchte alte Hexe in dem Holzkasten! Kam denn niemand, dem armen Konrad zu helfen? Wieder schaute er spähend hinter sich.
Da stand Ole. Ach, beim Anblick des Fischerjungen fühlte der Kriegsmann seine eigene Feigheit wie einen gnadenlosen Kampf. Von mattem Glutschein überlodert, stand Ole mit eingeknickten Knien da und starrte, von nichts als begeisterter Neugierde erfüllt, auf das Treiben der Geisterbanner. *Was will dieser Bengel hier?* mußte der Stadtknecht denken, als ob etwas Grausiges dabei wäre.
Wenn man nur das Gehänge unterm Stiefel hätte abhacken können! *Mein Enterbeil, du häßlicher, fauler Lümmel!* keuchte der Mann zu Ole empor. Da lag ja die Waffe bei der Falltür! Aber in diesem Augenblick sah der Rottenmeister auch, daß der Junge außerhalb des Kreises stand und daß ihm trotzdem nichts geschah. Auf einmal wurde Konrad endlich alles klar.
Das war kein Fischerjunge. Es war der Teufel selbst! Die ahnungslosen Quaduxe tanzten, aber hier stand ein harter, junger Teufel dicht dabei und sah sich das Treiben an. Und die Alte in der Fischerhütte war natürlich seine Großmutter gewesen! Ein bißchen Zeitvertreib für den Satan von der Küste waren sie alle hier und war der ganze Grieper-Spuk und die große Stadt! Mit einem unflätigen Fluch gab der Doppelturm bei dieser Erkenntnis die letzte Standhaftigkeit auf. Aber auch der Schrei war sogleich nur noch ein Röcheln, denn der schwere Mann sackte besinnungslos in sich zusammen. Sein Kopf schlug auf die Plattform, und

das Bein rutschte sofort wieder bis zum Knie über das Geländer. Nun pendelte der rechte Stiefel über der Tiefe. Zuweilen ruckte es an ihm.
Ole hatte von alledem nichts bemerkt, weil die Arbeit der Magier ihn völlig in ihren Bann gezogen hatte. *Festmachen!* hatte der Magister scharf geflüstert und sofort damit begonnen, den Inhalt von einem Kästchen nach dem andern mit säendem Schwingen rund um die Plattform in die Luft zu streuen. Jedesmal sah Ole dabei einen Schwarm kleiner gläserner Nägel auffunkeln. Aber schon im ersten Niederfallen schoß jedes Funkeln so weit auseinander, als wollten die Nägel pfahlgroß unten ankommen. Der Famulus hatte den Glasknopf eines Hammers gleich dem ersten Guß hinterhergeschleudert. Jetzt folgte er dem Meister in feierlichem Schrittmaß um den Kreis und hieb mit dem Hammerstiel in die Luft hinab. Nach jedem Schlag gab es ganz tief unten einen klickenden Ton. Als sie auf ihrem Umgang über den Rottenmeister hinwegsteigen mußten, sprang Gätlein voran und zeichnete den Kreis über den Schenkel weg mit Kreide wieder zusammen.
Endlich schien das gewaltige Werk abgeschlossen zu sein. Dicht bei Ole machte der Magister halt. Er warf einen tückischen Blick auf den Jungen, der ungefährdet neben dem Kreis stand, und hielt die Hände ins Feuer, um sie sauber zu glühen. Dann entfernte er sich, so weit das im Innern des Kreises möglich war, und starrte seewärts in die Nacht hinaus. Die Hände streckte er von sich, um sie zu kühlen.
Gätlein aber baute sich jetzt schwitzend und erbost gegenüber von Ole im Kreis auf. Er hakte gezielt mit dem Fuß und schickte einen Tritt durch die Luft, der schmerzhaft hinter Ole ankam und den Jungen plötzlich neben die Kohlenpfanne hereinbeförderte. *He!* schrie Ole, und: *Leise!* drohte Gätlein flüsternd. *Wenn wir nachher fertig sind, kriegst du auch einen halben Silbergroschen Schmerzens-*

geld. Aber ich hab's deiner Mutter nun einmal versprochen. Schür das Feuer jetzt hoch für das große Töten!
Aber dann kommt der Grieper doch herauf, sagte Ole im Sitzen und rieb sich hinten. Er mochte diesen Mann gern leiden.
Das denkst du nun in deiner Einfalt, tröstete Gätlein. *Hab keine Angst, der liegt jetzt unten fest und wundert sich, wie das zugegangen ist. Und du wirst sehen, was für ein halber Silbergroschen dem Bruder zufällt, wenn wir gleich mit den neuesten Mitteln auf ihn hinunterzwitschern. Ich sage dir,* flüsterte er so dicht bei Oles Gesicht, daß die Barthaare den Jungen kitzelten, *diesen labbrigen Greuel, wie er gar nicht auf unserer Erde wachsen konnte, den hat es jetzt kirchturmtief da unten zwischen die Balkenbeine gerafft. Und es ist schade, daß er nicht erfahren wird, wer hier auf seinem kupfernen Mond, soviel Fuß hoch über ihm, diesen Zauber eigentlich veranstaltet. Ich sage dir, ein einziger Bann, so groß wie die Insel Zypern, ist wie ein Netz über ihn genagelt. Laß ihn geduldig sein Ende abwarten, wir könnten inzwischen diese zwei und mehr Lasten des städtischen Wüterichs in den Kreis bergen.*
Der Magister nickte von der Nordbastion her und zog sich befriedigt die Jacke über den Bauch herunter. Aus der breit und zuverlässig hingemauerten Kohlenpfanne stieg das Feuer wieder zum Himmel empor, und sein Schein wallte durch die Nachtstille ringsum. Der Meister fischte bedächtig mit einer Zange die glühende Kristallkugel wieder aus der Pfanne. Ole stand auf.
He, Feldhauptmann, die Schlacht ist glücklich vorbei, flüsterte Gätlein launig und strich mit dem Fuß am Bauch des hingestreckten Doppelturms entlang. *Er ist nicht bei sich,* flüsterte er. *Du kannst dich über den Rand recken und das Bein hereinziehen, wenn du mit dem Glasmeißel hier über die Sohle gefahren bist. Diese Riesengallerte aller Fin-*

sternis tief unten wird dich nicht bemerken, so dumm wie du bist!

Aber gerade in diesem Augenblick schraken die drei zusammen. Denn sie hörten ein Geräusch, das ganz nahe bei ihnen, im Kopf der Feuerblüse, dicht unter der Plattform, zu entstehen schien. Gleich darauf hörten sie deutlich, daß etwas Lebendiges im Innern der Bohlenkammer suchend umhertastete. Und plötzlich rappelte es, als wenn der schwere Tisch unten erst von der Stelle und dann sorgfältig wieder zurückgeschoben würde. Zugleich ruckte das Bein des Rottenmeisters wieder stark. Dann knarrte die Falltür leise und begann sich zu heben.

Der Grieper ist oben! rief Ole schrill, sprang aus dem Kreis heraus in den Südwinkel der Plattform und stellte sich breit auf die Falltür. *Das heiße Lot!* zischte der Magister und hielt Gätlein die Zange mit der Kristallkugel hin. Ole sah die Geisterbanner aufgeregt hantieren, als wenn Seeleute das Senkblei über den Rand der Plattform auswürfen. Aber die Leine wurde ihnen mit einem heftigem Ruck durch die Hände gerissen.

Er wirft sich hoch wie eine Wolke, rief Ole, der seitwärts hinunterspähte, soweit der Lichtschein von der Plattform reichte. Am Bein des Rottenmeisters begann es jetzt so stark zu ziehen, daß der ganze Körper des Ohnmächtigen plötzlich ein Stück aus dem Kreis gegen den Rand hin schurrte. Die Flammen über dem großen, flachen Kohlenfeuer schienen in sich zusammenzusinken. Und unter dem Boden der Plattform war immer wieder deutlich ein Herumtasten zu hören.

Meister, das Gelabbere hat ja wohl noch den vollen Mondunverstand, flüsterte der Famulus empört und schob sich den Bart mit dem Handrücken nach oben. Aber der Magister winkte ihm heftig zu, daß er schweigen solle. Dann riß er mit einem Ruck sein kleines Buch aus der Tasche und klappte es in der linken Hand auf. Mit leieriger Stimme begann er in der fremden Sprache wieder von rückwärts her zu lesen. Ole grinste vor Erwartung. Da bewegte sich schon die Asche, da raschelte und funkelte es in der Kohlenglut, als die Risse aufbrachen, und wieder sah der Junge die häßlichen Tiere mit der knarrenden Lederhaut eins nach dem andern erscheinen und aus der Pfanne schlüpfen. Der Zauberer las hastig und schreiend. Wie eine Meute Hunde, die man hetzt, verschwanden die Tiere über den Rand weg nach unten. Gätlein nickte befriedigt.

Aber Ole sah gleichzeitig auch, daß etwas Dunkles, Schmales gedankenschnell von draußen herum jedem der glühenden und stinkenden Wesen sofort nach der Schnauze griff, und daß sie in Wirklichkeit hilflos über den Rand der Plattform gerissen wurden. Und von Mal zu Mal etwas lauter war gleich darauf in der Tiefe unten etwas zu hören wie ein kurzes, grausiges Schlürfen.

Der Stall wird ja bloß leer, bellte Gätlein entsetzt. Immer heftiger zog und ruckte es von unten am Körper des Rottenmeisters, der schon hoch auf das Geländer geraten war, und aus der Dunkelheit ringsumher drang nun ein befriedigtes, grausiges Ächzen herauf. *Das Gewölbe!* rief der Magister halblaut, und Gätlein flog zu den Geräten.

Ole stand noch immer etwas bestürzt auf der Falltür, an der es von unten her immer wieder sachte zu drücken schien. Sie würden den Grieper jetzt doch auch totzuschlagen wissen, nachdem sie ihn mit Gewalt heraufgeholt hatten, hatte der Junge gehofft. Aber mit einem lähmenden Erstaunen begriff er allmählich, daß diese Leute aus der Stadt ja nur noch daran dachten, sich selbst zu schützen.

Der Geisterbanner schwang neben dem Feuer eine Art Maurerkelle, und Gätlein sprang um die Kohlenpfanne herum und schaufelte ihm mit einem gewöhnlichen Drahtsieb große, lose Massen von dem Glutschein zu. Der Magi-

ster aber formte und wölbte mit einer erstaunlichen Kunstfertigkeit um den ganzen Kreis her und hoch über die Kohlenpfanne hin aus dem Leuchten und Blinken eine Kuppel. Alles ging undenkbar rasch. Auf drei Seiten rundete es sich schon fast über die Mitte weg.
Steh nicht herum, Lümmel! Schür auf, schür die Glut! trieb der Famulus an. *Der Grieper kommt doch nach dem Feuer,* schimpfte Ole und drückte mit den bloßen Fußsohlen auf die Falltür. Der Magister drehte sich jäh nach ihm um und schlug mit der Kelle. Zischend prallte dem Jungen über die ganze Plattform hinweg ein Hieb von hartem Licht an den Kopf.
Da muckte Ole auf: *Gut!* Und er kippte von da aus, wo er stand, den ganzen Eimer mit Pechbrocken mit einem Schwung in die Glut, so daß die Flammen fauchend und qualmend emporlohten.
Jetzt wuchs die Kuppel zusammen, und nach dem Südwinkel hin, wo Ole bei dem Körper des Rottenmeisters stand, blieb bald nur noch als Letztes eine krumme Türöffnung.
Herein in den Bau! schrie Gätlein. Aber Ole hatte sich niedergehockt und starrte entsetzt auf die Öffnung und die blinkende Innenwand; denn von der Nordseite her sah er, wie es sich schwarz und dick, Säcken gleich über die ganze Kuppel heranschob. Er merkte in seinem Schrecken kaum, daß zugleich neben ihm der besinnungslose schwere Mann nach der Wasserseite hin vorsichtig ganz über das Geländer gezerrt wurde. Erst als die Eisensohle des linken Stiefels plötzlich über die Plattform schrammte, schrie Ole: *He, der geht ja runter!* Aber da verschwand der Körper auch schon nach unten. Ole erhaschte noch mit einem Blick das schreckliche Bild, wie der Rottenmeister nicht jäh hinabstürzte, sondern langsam einsank in eine körperhafte Finsternis, die um die ganze Feuerblüse wie schwarzer Rauch emporgequollen war. Dann mußte der Junge nur wieder

entsetzt nach oben starren; denn über die Kuppel kroch ja immer höher auf der Nordseite, wo der glasige Bau schon geschlossen war, dieselbe schwarze Rauchgestalt empor! *Scher dich herein, wir machen dicht,* rief der Famulus aus dem erhellten Zufluchtsraum. Aber Ole konnte es nicht lassen, erst noch auf den schrecklichen Laut zu warten, der doch von dem heruntergefallenen Körper künden mußte. Immer deutlicher wuchs die Qualmgestalt empor. Wie im Traum mühte der Junge sich ab, die wenigen rettenden Schritte zustande zu bringen.

Noch heftiger winkte der Famulus. Die Öffnung war nur noch schmal. Oles Fuß rückte endlich vor. Und gerade da polterte es dumpf von unten aus der Tiefe. *He!* schrie der Junge auf. Das war doch gar nicht richtig unter der Plattform gewesen, sondern mehr zur Seite! Und hatte es nicht hart geklungen wie ein Aufprall auf Holz? *Da liegt doch unser Boot?* sagte Ole plötzlich ganz wachsam und voll Entrüstung darüber, daß vielleicht schon wieder jemand Vater Manders' Boot brauchte. *Das dürft Ihr nicht zulassen!* schrie er Gätlein an.

Sofort erkannte der Junge auch, wie gut es war, daß er sich nicht in den blinkenden Kuppelraum gerettet hatte. *Seht Ihr denn nicht, daß er Euch den ganzen Dachboden zusammendrückt?* kreischte Ole und deutete wild nach oben. Denn unter der Schattenmasse, die hinten über den Rand der Plattform und die Kuppel emporglitt, bebte der glasige Bau bereits und wölbte sich nach unten.

Jetzt schauten auch die beiden drinnen empor. *Meister, das Dunstgelabber darf doch nicht doppeleisenschwer sein!* ächzte der gute Famulus. Aber zum ersten Male mußte er sehen, daß auch der Magister keinen Rat mehr wußte. Erdfahl erschien das große Gesicht im Feuerschein, als der gelehrte Mann hilflos zur Decke starrte. Ole sah von draußen, wie die große Nase zuckte. Plötzlich sah auch der Zauberer durch die Öffnung zurück und erblickte den Jungen draußen. Ganz krank erschienen Ole die herrischen Augen. *Der da ist es,* oder ähnliche Worte schienen seine Lippen mühsam zu formen. *Das Feuer muß weg,* zeigte Ole mit den Händen. *Macht das Feuer weg!*

Und plötzlich begann der große Mensch, drinnen in wilder Hast mit seiner Maurerkelle auf die Kohlenglut einzuhauen und die Flammen zu dämpfen. Wo unter einem Schlag der weiße Qualm emporfuhr, zersprang die Kuppel oben sofort mit einem ächzenden Klingen, und so, wie sie zerbrach, sanken die großen Stücke lautlos neben der Plattform nieder. Ole schien es, als würden sie von der Schattengestalt mit hinabgenommen, die sich mit der wachsenden Dunkelheit wieder zurückziehen mußte. *Die Ahne hat's doch gesagt,* keuchte der Junge hervor.

Endlich war alles unter dem Nachthimmel oben auf der Plattform wieder frei. Das Feuer wölbte sich als dunkelroter Hügel leicht schwelend in einer Luft, die herrlich kühl erschien. Ole atmete tief. Er nickte dem Schatten vor der Glut zu, der Gätlein sein mußte, und flüsterte: *So ein aasiger Schietkram, was?*

Der Kreis war zerrissen, flüsterte Gätlein. Ole hörte, wie die Schattengestalt sich vorsichtig herantastete. *Die Eisensohle unterm Stiefel von dem schweren Konrad hat geschrammt, als ihn die Wolke hinunterzog. Und jetzt meint der da unten in seiner animalischen Monddummheit erst einmal,* triumphierte Gätlein weiter, *hier oben habe er damit erst mal das Wichtigste abgeräumt.* Der tüchtige Mensch dachte schon wieder an gar nichts anderes, als daran weiterzuarbeiten. *Mit der Zeit werden ihm aber dann die Zweifel kommen,* flüsterte er, *und er sieht doch lieber hier oben noch einmal zu! Und gerade das muß geschehen, denn erst beim zweiten Male kommt diese Art mit dem richtigen Ende. Wie groß so ein gestaltloses Wesen sich auch machen kann, ein kleiner*

Rest von ihm muß immer hart bleiben, und wenn's nur wie ein Stück Baumholz wäre. Damit wissen wir Bescheid, Meister, sagte er zu der anderen Gestalt, die jetzt müde auf dem Mauerrand hockte.

Ich fass' es dann schon mit der Zahnzange, sobald Ihr's mit dem Stäbchen erklopft habt. Und dann ritsch, ratsch mit unserer ägyptischen Knochensäge darüber, Junge, und plötzlich ächzt der ganze eiserne Riesendunst und sackt schauerlich zu Pulver zusammen, und wenn morgen der Tag anbricht, verstinken unten auf dem Sand die letzten Haufen ins Nichts.

Die Stimme klang beruhigend. *Es ist gut,* dachte Ole, *daß hier oben jetzt anscheinend der Famulus die Macht hat. Mitternacht mußte schon vorüber sein; unter der Wolkendecke war es wieder etwas heller. Da konnte man, wenn man in die Weite hineinschaute, doch vermuten, daß die Welt immer noch dastand wie früher, obgleich der Grieper dagewesen war.*

Unter der Blüse freilich und weit um sie her breitete sich immer noch eine pechschwarze, wogende Finsternis aus wie ein einziger inselgroßer und gefährlicher Körper. Das Balkengerüst ragte nur mit seinem Oberteil heraus. *Wir müssen den unsichtbaren Igel machen,* warnte der Famulus, und der Magister hockte sich sofort neben dem Mauerrand zusammen.

Steck dich ganz in dir selber weg bis an den Hinterkopf, flüsterte Gätlein Ole zu und versuchte, es ihm vorzumachen. *Mit den Glasschalen von der Kuppel und den zwei Zentnern Stadtknecht hat er da unten jetzt wohl noch eine Weile zu tun.*

Er saugt ihm jetzt alles Weiche mit einem Schlürfen bei den Fersen heraus, würgte Ole halb seekrank hervor. *So rasch geht das nicht,* tröstete der gute Famulus. *Der Kriegsmann war doch unter den Füßen mit Eisenplatten beschlagen!*

Und der Igel hilft, wo in der Welt du auch stehst. Duck dich runter, ich spioniere inzwischen schon über den Rand!
Aber Ole mißtraute jetzt endgültig den Künsten dieser Stadtleute. Er bückte sich nur etwas und hielt scharf Ausschau in die Nacht hinaus. In der Tiefe rauschte das Wasser manchmal fast unhörbar, bald mußte Hochwasserzeit sein. Die Kohlenglut wurde immer dunkler. Aber der Junge spähte ja nicht zum erstenmal über die nächtliche See.
So bemerkte er als erster, daß der dritte Überfall verstohlen und schrecklich schon begonnen hatte. In der Dunkelheit unten kam ein leises, siedendes Geräusch auf, und plötzlich erkannte Ole, daß sich überall ringsumher etwas aufwärts in Bewegung gesetzt hatte. *He, es kommt,* flüsterte er, da wuchs es auch schon wie ein Berg um die Feuerblüse hoch.
Roll dich zusammen, schnaufte Gätlein auf der Stromseite dicht an der Geländerstange und versuchte selbst, den Kopf zwischen die Knie zu klemmen. Die Pechwolken stiegen wie suchend manchmal schon bis in die Höhe der Plattform, als suchten sie dort etwas.
Plötzlich sah Ole, daß weit neben der Feuerblüse auch ein glimmender grüner Punkt emporgewirbelt wurde, der dann regungslos in dem Gewölk hängenblieb. Dann taumelte er und schien sich für kurze Zeit in zwei Punkte zu teilen, darauf stand wieder nur einer da. Aber er war größer und deutlicher, als starrte er herüber. Und dann kam wieder der erste und glotzte aus noch größerer Nähe.
So kommen die Augen heran, sagt die Ahne, schrie Ole, *und man darf nicht hinsehen.*
Er starrte in die tröstliche, dunkelrote Feuerglut, und dabei sah er den Magister auf sich zukriechen. Ole richtete sich erschreckt und zornig auf. Er konnte ja nicht ahnen, daß der große Zauberer, die Hände an den Kopf gepreßt, bei dem Jungen Zuflucht suchte, der da bloßbeinig und unerschrocken wie ein unzerstörbares Wesen im Feuerschein

stand. Etwas klang vor dem Schatten metallen auf und glitt ein Stück über die Plattform. Ole sah das Enterbeil des Rottenmeisters blinken. *Du mußt es tun,* flüsterte der Zauberer. *Geh weg, geh bloß weg,* stieß Ole hervor. Schrecklich waren diese Stadtmenschen hier draußen!

Zugleich aber schütterte ein dumpfer, weicher Stoß von unten durch die Plattform. Der Kessel des Pechgewölks begann sich zu wölben, und zuerst konnten der Mann und der Junge nichts weiter tun, als auf den Famulus zu starren, mit dem im gleichen Augenblick etwas Schreckliches geschah.

Die glimmenden Punkte vor der Plattform hatten noch zweimal miteinander gewechselt, und dabei war diese Erscheinung ständig näher an den zusammengekauerten Gätlein herangerückt. *Macht den Igel,* stöhnte er. Man sah an seinem Kopf, was für ein unheimlicher Zwang zum Hinschauen durch das abwechselnde Starren der Grieperaugen auf den Unglücklichen ausgeübt wurde. Plötzlich rückten beide Punkte unter die Plattform.

Gätlein hob den Kopf. *Nicht hinsehen, Meister,* warnte er. Von unten aber wuchs dicht vor ihm ein grünglühender Halbmond über die Kante. *Hier ist die Pechbrille, Meister,* lallte der treue Gehilfe und reichte mit der Hand das zweiklappige Schutzgerät hinter sich. Der Halbmond vor ihm wuchs zu einem glotzenden Scheibenauge empor, das plötzlich zurückschwang und einem zweiten, noch böseren Platz machte. Immer noch tastete die Hand mit dem Instrument nach hinten auf und ab in der Luft. Da schwang auch das zweite Auge zurück, und plötzlich wurde der Famulus wie ein willenloser Klumpen mit einem Ruck über die Kante gezerrt. Die ganze Luft war erfüllt von dem lauten Brausen und den gewaltigen Stößen des riesengroßen Dunstwesens.

Ole konnte kein Glied rühren, weil er wieder mit einer verflixten Neugier auf den Aufschlag des stürzenden Körpers

wartete. Endlich kam der Laut von unten herauf. Und es war wieder das harte, trockene Poltern auf Holz, seitlich zum Strom hin. Der Zauberer, der vor Ole stand, hob flehend die Arme. *Du mußt es tun,* flüsterte er in einem widerwärtigen Befehlston.
Aber daß der Grieper da unten wirklich an dem Boot herumhantierte, entfachte in dem Jungen eine so wütende Verzweiflung, daß er den Magister roh gegen die Kohlenpfanne stieß. *Von Euch krieg' ich unser Boot wieder,* schimpfte er, und als er das Enterbeil des Rottenmeisters blinken sah, drohte er schrill: *Oder ich hau zu, wo's trifft!* Da sah er sich um und erschrak, weil sie ja schon mitten über dem Grieper waren.
In der Pfanne lag die Glut jetzt nur noch wie ein roter Haufen ohne viel Schein. Aber das wenige Licht, das wie eine gestorbene Flamme über der Glut schwebte, zeigte Ole, daß die Plattform jetzt gar nicht mehr hoch in der Luft stand. Sie bildete nur noch den Boden einer ungeheuerlichen Saughöhlung, die sich aus dem Berg von wallender pechschwarzer, unsagbar ekliger Finsternis herausstülpte. Und die Innenwände des Griepermaules waren in einer strömenden Bewegung. Ole fühlte, wie etwas Leichtes, Windschnelles über seinen Rücken tastete. *Will er mich denn auch mitnehmen?* dachte er zum ersten Male. Schon legte sich etwas Kühles auch über seine Füße.
Und da gibt es nichts mehr als die Angst und das Warten, so oben unter den Wolken, wie unten auf dem platten Boden in unserer ganzen Welt ringsumher, wenn der Grieper gekommen ist, hörte der Junge tief in seinem Innern die dünne, plappernde Stimme der alten Frau. Ein schreckliches Seufzen, wie er es noch nie an sich erlebt hatte, hob dem Jungen die Brust. Wußte der große Geisterbanner aus der Stadt denn keine Hilfe mehr? Ole riß sich zusammen,

Sie bildete nur noch den Boden einer ungeheuerlichen
Saughöhlung, die sich aus dem Berg von wallender
pechschwarzer, unsagbar ekliger dazu ... Finsternis herausstülpte.

denn es schien ihm wirklich, als wenn der Magier noch immer an der Arbeit sei. Die Leute aus der Stadt wußten ja vielleicht doch immer, was zu tun war!
Das schreckliche Brunnenmaul des Grieper begann sich schon rings über der Plattform zu schließen. Aber das Feuer schien wieder etwas heller zu werden. Ole atmete hastig und versuchte zu erkennen, was der Zauberer machte. Die Feuerschaufel kratzte auf den Herdsteinen, und der Glutschein wallte noch stärker auf. Ole sah jetzt den Mann. Ungeschickt niedergehockt hüpfte er um den Mauerrand und streute den Kreis mit der Kohlenglut aus. *Der Kreis!* dachte Ole. Das hatte ja der gute Gätlein immer gesagt: *Im Kreis ist man sicher.* Es mußte doch jetzt auch bald Hochwasserzeit sein, wo der Grieper seine Macht verlor. Ole riß die Füße aus der Umklammerung und zerrte die nachschleifenden Schattenarme auf den Feuerkreis zu. Hochwasserzeit – war es nicht eben schon fast gewesen, als wenn unter all dem mahlenden Sausen ringsumher eine flüchtige, riesenweite Bewegung von Norden nach Süden über die ganze Welt dahinstrich? Aber als der Junge vor dem Kreis stand, sah er, daß ihn der erboste Geisterbanner nicht hineinlassen würde.
Bleib weg aus meinem Kreis, spie er dem Verängstigten mit verzerrtem Gesicht entgegen und drohte mit der Feuerschaufel. Wieder strich die große Bewegung unten über die Welt, und diesmal war es schon deutlicher ein kühles, beruhigtes Rauschen. *Hörst du nicht, wie es dich ruft?* zankte der Magister. *Schlag ihn tot oder komm selbst um, mir sollst du nicht in meinem Kreis!*
Das ist doch bloß das Hochwasser, rief Ole zurück, und hob einen Fuß über den Kreis. Der Zauberer streute in wildem Entsetzen eine Schaufel glühender Kohlen gegen den Jungen. Unten polterten und ächzten plötzlich die Bälge des Gebläses. *Nichts von oben, nichts von unten und auch du*

nicht, triumphierte der häßliche Mann und winkte geheimnisvoll hinter seiner zauberischen Schutzwehr. *Nichts kommt hier herein!*
Aber gerade da wurde er mitten aus seinem eigenen Kreise heraus gepackt. Ole sah, wie aus der Glut, wo die Düsenöffnung des Gebläses mündete, ein Bündel schattenhafter Arme emporschoß, sich sofort zu einem dicken Greifgebilde verzwirnte und dem Magister den Hals umschlang. Mit einem rauhen, aufschnappenden Schrei griff der Mensch in die Luft und brach zusammen. Er schlug mit dem Kopf in die Glut. *He!* schrie Ole und sprang ihm über den Feuerkreis hinweg zu Hilfe. Die große Nase stand wie eine Handhabe nach oben, und da packte er zu. Eine Weile konnte er den Körper herunterzerren. Aber dabei mußte er wohl mit dem Fuß eine Lücke in den Glutkreis gestoßen haben; denn plötzlich schossen die Schattenarme auch von draußen her auf den Magister los, und mit einem scharrenden Geräusch wurde der Körper des Zauberers in die Tiefe gerissen. *Abwärts!* sagte der Junge steif und wischte seine Finger an der Hose ab.
Über die ganze Plattform stülpte sich jetzt das riesige Wurmmaul aus zähflüssigem Pechgewölk und schloß seine gewaltigen Lefzen. *Das kommt in den Magen,* dachte Ole. Das Schleifen und Mahlen, das in seiner Unerbittlichkeit schon betäubend gewesen war, steigerte sich immer mehr zu einem grausigen Schlürfen.
Nur dumpf und als sei es weit hinter dem Tosen seines Untergangs hörte Ole in diesem Augenblick noch ein zweites Geräusch, und das schien aus einer so unendlichen Ferne herauszukommen, als gäbe es noch eine zweite Welt rund um unsere her. Aber dann war es auf einmal ganz deutlich. Ein seltsames Knistern und Bersten lief um den ganzen Horizont, als wenn er aufreißen wollte. *Die Ahne wußte alles,* dachte Ole. Denn unten um die ganze Weite herum zeich-

nete sich jetzt ein bleicher Lichtrand ab, als ob sich die Wolkenschüssel der Nacht ein wenig angehoben hätte.
Und es schien, als ob das gespenstische Maul, das sich über der Plattform schließen wollte, bei dieser neuen Veränderung ein wenig innegehalten hätte. Seitwärts aus der Tiefe herauf scholl zugleich wie ein Zeichen für Ole wieder das trockene Poltern vom Aufschlag des hinabgestürzten Opfers. Ole war fertig. Er fühlte jetzt nur noch eine einzige, verzweifelte Wut. *Aasstück von Grieper,* rief er schrill, *laß uns doch wenigstens unser Boot!* Und er packte das schwere Enterbeil des Rottenmeisters.
Bei dieser Anrede packte auch der Grieper sogleich wieder zu. Ein grausiger Laut, wie ein Aufseufzen erklang, als der Spuk sich nunmehr noch stärker auszudehnen begann, und etwas so Uraltes war in diesem Gestöhn, daß es jeden Menschen in Schwermut und Besinnungslosigkeit versetzen mußte. Von dem Brunnenschlund der Lefzen wurde der seltsame Lichtstreifen um den Horizont rasch verdeckt. Da hörte Ole zum dritten Male tief unter sich das helle, scharfe Rauschen der Flut. *Da liegt unser Boot,* schrie er. *Was soll ich denn noch? Also ich hau bald zu, wo's trifft!* Und plötzlich schien dem Jungen das Beil ganz leicht zu sein, und er schwang es traumgewaltig empor.
Und mit einem Ruck sah er auch wieder den bleichen Lichtstreifen um den Horizont herum. *Aufwärts,* stieß Ole mit einer kühlen Erleichterung heraus, als im gleichen Augenblick ein schmerzhafter Druck um seinen Körper zerbarst. Fast schwindlig wurde es dem Jungen von seinem eigenen wachsenden Zorn. Sah er denn nicht immer noch von oben auf die Schlundlippen, obwohl sie sich reißend schnell um ihm emporstülpten, und blieb nicht zugleich das Licht um den Horizont fest und unverändert sichtbar? Das Enterbeil in seinen Händen schien Ole in ungeheuerlich verlängertem Schwung emporzufliegen.

Aus der Ferne aber zog der vertraute Ruf der See jetzt unaufhörlich von Norden nach Süden tief unter ihm vorbei. *Jetzt, jetzt, jetzt!* rief es. *In Ordnung!* schrie Ole hinab und staunte gleichzeitig, was für ein Donnergebrüll von seinem Mund ausging.
Hinunter in die Nordsee und bis auf den Sand des Grundes mit diesem ganzen gnadenlosen Spukwesen! Was war das alles nur?
Das Gewölk kam berggroß herauf. Immer noch stand aber das Licht um den Horizont. Konnte sich denn der Grieper-Spuk nicht höher strecken? Oder wuchs Ole in seinem Zorn selbst über das Unwesen hinaus, kalt und frei wie ein nackter Riese dem hochgeschwungenen Beil nach gegen den Wolkenhimmel? *He, du Grieper?* rollte sein Gebrüll über die Nordsee. Und wieder warf sich das Gespenst auf ihn.
Ole mußte die Arme noch einmal an sich ziehen, um sich gegen das sausende und schleifende Tasten zu wehren, das sich ihm eisig um Leib und Beine schloß. Mit eklem, weichem Drücken wollte es ihn seewärts schieben.
Willst mich wohl vom Boot weg haben? grollte der Riese. *Ich halt' den Anker mit dem Fuß.* Und Ole trat, als sei das ganz selbstverständlich, von der Plattform herunter, und er fand erst mit der einen und dann mit der anderen Sohle herrlichen, festen Sandgrund. Jetzt fühlte er den Anker und hielt das Tau mit den Zehen. In der schwarzen Masse ließ sich nichts von dem Boot erkennen. Aber ein merkwürdiger rötlicher Stern war da in der Tiefe – das mochte wohl das bißchen Kohlenpfanne von der Feuerblüse sein.
Willst du, Grieper, immer noch was von mir? triumphierte Ole, der Riese. Da antwortete die Schattenmasse mit einem letzten wilden und schrecklichen Seufzen und fuhr um ihn hoch. Aber Ole hatte das Beil noch rascher oben. *Jetzt hau ich zu, wo's trifft,* verkündete er leise und sagte es rasch dreimal her. Und dann plötzlich hieb er herunter, in die

Lippen des emporgeifernden Griepermaules hinein und traf etwas und hieb erbittert wieder und wieder zu.
Um den Horizont stand das geheimnisvolle Licht, und so lange es blieb, hackte Ole, der Riese, auf den Spuk herunter und fühlte, wie seine Hiebe in den Schattenkörper eindrangen. Er stampfte und drehte sich schwerfällig um sich selbst, weil er doch den Anker unterm Fuß nicht verlieren wollte, während er mit der wolkigen Umschlingung herumrang und -stieß. *Sieh, du Aasstück, muß es denn gerade immer unser Boot sein, was gebraucht wird?* keuchte er dabei.
Aber mit jeder Frage hatte er eine Antwort, und es war gut, daß er noch zu rechter Zeit an das Schicksal des Famulus dachte. Aus der Tiefe warfen sich zwischen dem Gewölk wieder die zwei glimmenden Punkte empor und wechselten sich ab, während sie reißend schnell gegen Ole herauftauchten. Er kniff die Augen zu, noch ehe erst das eine und dann das andere der grünen Scheibenaugen schüsselgroß dicht vor seinem Gesicht stand. Aber durch die Lider fühlte Ole noch die stechende Kälte, die von diesen Augen ausging.
Verreck doch, schrie er und schlug blindlings mit dem Beil zu. Er traf hart, und vor ihm im Dunkel krachte und ächzte etwas hohl wie morsches Stammholz. Und mit einem Seufzen wie aus uralter Zeit blies ihm noch einmal ein eiskalter Pesthauch entgegen.
Aber sogleich wurde ihm auch der Holzstiel des Enterbeils wie von selbst aus der Hand gerissen. Und eine Zeitlang war vor dem Jungen und um ihn her nur noch der Wirbel und das Sausen eines gewaltigen Niederstürzens, so daß Ole die Augen nicht aufzumachen wagte. Unwiderstehlich versank er mit allem in eine brausende, klatschende Tiefe. Er stolperte, aber endlich lag er mit dem Oberkörper halb hingestreckt über dem Geländer um das Kupferdach der

Plattform. Mühsam zog er die Knie hinauf und schob und stellte sich endlich vorsichtig auf die Füße, immer noch mit fest zugekniffenen Augen.
Während Ole aber nichts mehr sah, war plötzlich das unirdische Licht von oben nach unten kleiner geworden und rasch ganz verschwunden. Als sich der Rand der Wolkenschüssel wieder senkte, riß sie oben weit auseinander, und das Mondlicht ergoß sich grell und weiß über diesen Teil der See. Wie eine Woge, die steil emporgebrandet ist, um einen Pfahl am Ufer absinkt, so brach damals im hellen Licht die ganze Pechwolkengestalt um die Feuerblüse nieder und in sich selbst zusammen, und immer deutlicher und höher trat der Turm wieder hervor. Bald hob sich tief unter dem Balkengerüst aus dem flachen Wasser über der Sandbank nur noch eine schwarze, gestaltlose Masse heraus. Ole hatte im Niedersinken sein Gebrüll ausstoßen wollen. Aber da war ihm schon so zumute, wie jemandem, der im Sturzgefühl eines Schreckenstraumes nicht mehr zu seiner eigenen Stimme finden kann.
Immer stiller wurde es um Ole. Durfte er die Augen aufmachen? Als er endlich wieder fest dastand und lauschte, war alles stumm und nur sehr kühl. Der Junge begriff, daß seit einer ganzen Zeit schon nicht mehr das geringste geschah. Klein und kalt und unsagbar müde fühlte er sich.
Als dem Jungen der erste richtige Atemzug wieder gelungen war, und er die Augen aufriß, lag die ganze Welt schon wieder weit und ruhig und leer um ihn, und alles war aufs neue unabänderlich klein und gewöhnlich geworden. Ole fand sich im Mondschein, ein frierender, magerer Fischerjunge, ganz allein über dem grenzenlosen Watt auf der Plattform eines siebzig Fuß aufsteigenden Balkenturmes. *Das schöne Beil habe ich aber fallen lassen,* stammelte er und versuchte, in die Tiefe zu spähen. Er mußte gähnen vor Müdigkeit. Hinter ihm in der Kohlenpfanne knisterte die

Als sich der Rand der Wolkenschüssel wieder senkte, riß sie weit oben auseinander, und das Mondlicht ergoß sich grell und weiß über diesen Teil der See.

Glut nur noch schwach, als wenn ihre Überreste nun in dem hellen Mondlicht erlöschen wollten. Was war hier nur alles geschehen?

Hochwasser ist ja schon vorbei, flüsterte Ole. Über die ganze Wasserbreite weg sah er die Ebbe wieder langsam hinausziehen. Der Fischerjunge bewegte die Zehen, mit denen er doch den Anker gehalten hatte. Zwischen den Zehen scheuerte ja wirklich noch der nasse Sand. Aber Ole war zu müde, um sich an das, was hier durchgestanden war, zu erinnern. Es war genug, daß Vater Manders' Auftrag ausgeführt war und das Boot ganz richtig unten vor seinem Anker lag, vom Ebbstrom jetzt schon wieder auf Land zugedreht. Ganz klein sah es Ole unter sich in der Tiefe liegen, und drei Gestalten schienen über die Ruderbänke hingestreckt. Unter dem Fuß der einen gleißte die Eisensohle. Die drei Leute aus der Stadt hatten es also bequemer gefunden, unten im Boot zu schlafen. Der Junge verstand nun gar nichts mehr. Aber es fragte ihn ja auch niemand nach seiner Meinung.

Dann schaute er wieder auf der Plattform umher, wo all das zauberische Gerät noch albern und einsam unter dem Mond herumlag. So unsagbar verlassen sah das aus, daß den Jungen ein Kälteschauer überlief. Dabei erst merkte er, daß er ganz nackt im Mondschein stand. *Warum sind mir denn nur die Kleider vom Leib geplatzt?* murmelte er, als er sich bückte und die Lumpen seiner Jacke in den Händen herumdrehte. Manch einer hätte jetzt lange nachgedacht und sich den Tod geholt. Ole brauchte nicht viel zu überlegen.

In der Kammer des Feuerwächters hing ja noch das Gelump von sechs Leuten an den Wandpflöcken. Warmes Wollzeug und dann Schlaf für Ole, und vorher auch noch genug zum Essen, und daß Vater Manders' Boot noch da war, das war reichlich genug und war auch alles, was zunächst einmal wichtig war. Aufgeregtheit war nun einmal nichts für einen Fischer.

Als der Junge sich unten warm angezogen hatte und mit vollen Backen kaute, stieg er nach Seemannsgewohnheit noch einmal auf die Plattform, um vor dem Einschlafen einen Blick den Horizont entlang zu werfen. Da sah er, daß sich inzwischen fern im Nordwesten eine Kette feiner, gelber Lichtpunkte ausgespannt hatte. Ole zählte. Siebzehn Schiffe mußten dort vor Anker gegangen sein, weil ihnen das Wasser aus der Strommündung nun auch schon draußen entgegenkam. *Und die nächste Flut läuft noch im Morgendunkel ein,* dachte Ole mit tiefer Befriedigung wegen der Großmäuligkeit der Matrosen, *davon müßt ihr nun auch das Beste verpassen.*
Aber als er schon wieder zum Schlafen hinabklettern wollte, fiel ihm ein, daß der Spaß ja noch viel größer sein würde, wenn aus der sterbenden Herdglut auf der Plattform hier oben noch während dieser Nacht wieder ein Feuer würde. Wie die Wilden würden die Schiffer und Kapitäne auf der schlafenden Flotte unter Deck losgehen und alle Mann aus dem besten Schlaf pfeifen, um mit der Morgenflut sofort einzulaufen. Hier unter Ole gab es ja das Gebläse, und man würde gar nicht viel Mühe damit haben. Wie würden die vielen Matrosen erst schimpfen, grinste der Junge, der seine neue Männerkleidung an allen Ecken hatte aufkrempeln müssen, wenn sie wüßten, wie klein so ein Fischerjunge war, der es dennoch fertiggebracht hatte, einer ganzen Flotte diese gewaltige Nachtarbeit zu verschaffen!
Es gab noch genug Säcke mit Holzkohlen in der Vorratskammer, um dem Feuer für sechs Stunden Nahrung zu geben, und mit dem Gebläse fand Ole sich rasch zurecht. Bald stach eine Bahn von heller Glut durch den Kohlenhaufen

in der Pfanne, und man konnte das Feuer sich selbst überlassen.

So brannte also der rötliche Stern nach kurzem Verlöschen auch in der zweiten Hälfte dieser stillen Herbstnacht weiter neben der Strommündung, und als die Flut im Morgendunkel einsetzte, trieb die ganze Norwegenflotte lautlos mit ihr herein. Auf einem der hochbordigen Schiffe blies der Trompeter, als die Feuerblüse querab lag, ein Tagelied zu ihr herüber. Klar und dünn stieg der Ton durch die Dunkelheit auf und nieder und erstarb in der Mondweite im Westen. Aber Ole in seinem tiefen Schlaf hörte nichts davon.

Der Famulus war der erste, der unten im Boot zu sich fand, in der feuchten Kälte, die mit dem Morgengrauen plötzlich über die Welt gekommen war. Der Strom war leer, und nach Süden und Westen hin breiteten die Watten sich aus, unsagbar einsam unter dem leichtbewölkten, aschfarbenen Himmel hin. Glatt und gleichgültig wie auf einem längst verödeten Gestirn schob sich die Flut über die erst halb überschwemmten Sande heran. Der Famulus wurde sich zuerst nur verworren bewußt, daß er rücklings auf der Mastbank lag. Er schrak aus einer qualvollen Betäubung empor, weil das harte Peitschen einer Möwenschwinge nahe über sein Gesicht gefahren war. Dann schrie es gellend über ihm.

Zwei weiße Vögel taumelten niedrig in der Luft und schreckten zurück, als die Augen, nach denen sie gestiert hatten, noch lebendig blickten. Die eine kreischte wieder, und Gätlein hörte weithin jetzt in der halben Dämmerung mit Entsetzen das Gequarre und Lachen einer ganzen Wolke solcher Vögel. Als er den Kopf drehte, sah er, daß seewärts die ganze Luft über der Sandbank von weißem Geflatter erfüllt war. Dann schaute er rücklings über sich,

weil etwas Ungeheuerliches aus großer Höhe auf ihn herabspähte. Es war der Kopf der Feuerblüse.
Das Boot liegt noch schief auf dem Sand, und ich muß von da oben herabgestürzt sein, dachte er noch schwindlig. Das Ding, um das seine Hand sich noch krampfte, war die Pechbrille. *Ach, der Meister!* dachte der treue Mensch, als er das Schutzgerät mit steifen Fingern endlich zusammengelegt und in seine große Tasche geschoben hatte. An dem Balkenfuß aber, der nahe beim Boot riesenhaft aus dem Sand emporstrebte, sah er plötzlich den Fensterrahmen, der ihm am vorigen Abend dort oben entglitten war. Er hatte sich an der untersten Leitersprosse verfangen, und durch den herabhängenden Flügel stand das Fenster gerade nach der Seite hin, wo die vielen Vögel kreischten.
Und da sah der Famulus nun durch die Öffnung auf der feuchten Sandbank große, schwarze Haufen locker hingeschüttet liegen, und die seltsame Masse, von der man außerhalb des Fensters nichts sah, schien zu rauchen und zusehends zusammenzusinken, als ob sie in sich selbst verginge. Gätlein holte tief Luft. *Ja, der Meister,* seufzte er erleichtert. *Er hat es natürlich auch allein da oben zu Ende gebracht, und mit allem Spuk ist es jetzt vorbei. Wie kann dann aber mein Schnarchen aus diesem Boot nicht hinausfinden,* wunderte er sich, *nachdem ich doch wach bin?* Denn es ächzte und blies weiter, obgleich er den Atem anhielt.
Als Gätlein sich stöhnend auf die andere Seite herumgewälzt hatte, sah er unter sich hinten im Boot den Körper des Rottenmeisters. Das rechte Bein war über eine Ruderbank emporgestreckt. *Er schnarcht nicht nach der Natur, aber mir scheint doch auch dieser Kriegsheld mit heilen Knochen hier unten angekommen zu sein,* flüsterte der Gehilfe mit gesträubtem Bart, während er sich zu einem Korb mit Weinkrügen hinunterschob. *Ich brauch' dir ja nicht*

mehr mit einer Backpfeife zu helfen, sagte er. Dann plötzlich: *Du brauchst keinen Deubel mehr zu erschlagen; es ist alles sogar schon gewaltig am Verwesen. Die Vögel dort wissen's.* Und er trank.

Vor meinen Jahren wenigstens solltest du Achtung haben, junger Satan, ächzte der Rottenmeister mit wild zugekniffenen Augen. *Oh, wie gierig du Lümmel schon wieder an meiner rechten Ferse saugst! Ich höre mein armes Weiches in deinen steinernen Gedärmen kluckern.*

Was du kluckern hörst, lachte Gätlein leise, *das ist die obere Hälfte einer Kruke Spanierwein in meinem Bauch.* Und er schüttelte den Rest. *Der Grieper ist längst erschlagen, Kamerad! Hörst du nicht, wie der Meister von oben herab die Vögel mit den letzten Stückchen füttert?*

Viktoria, fing der Rottenmeister zu schreien an und wollte sich aufsetzen. Aber er fiel sofort mit einem dumpfen Stiergebrüll wieder zurück. Denn beim Hochkommen war ihm das rechte Bein ohne das Gewicht jäh in die Luft geschnellt und riß das linke nach. Der Kopf in der Filzhaube schlug wieder dumpf aufs Holz, und der rechte Stiefel schlotterte und rappelte häßlich um den Fußknochen. Bei jedem neuen Versuch, sich aufzurichten, zappelte das unheimliche Bein wild hin und her. Schließlich drückte es der Famulus mit der Hand herunter.

Nun ist dir der eine Turm ja wirklich tanztrocken geworden, nickte Gätlein fachmännisch. *Die lebendige Kraft bleibt dann manchmal wie Draht an den Knochen hingespannt. Oha, da ist auch das Loch in der Ferse, wo die Eisenplatte gestern durchgeätzt ist.* Er schlürfte wie ein wohlwollender Grieper und zeigte auf den Kopf der Feuerblüse, der finster sehr hoch über ihnen im zunehmenden Tageslicht stand. Dann zeichnete er mit dem Finger den ganzen schwindelnden Weg hinab ins Boot nach, und seine braunen Augen rollten. *Das alles ist das Werk des Jungdeubels mit dem*

harten Gesicht! ächzte Konrad leise. Er hob das Bein sehr vorsichtig an und tastete durch die Falten der Hose nach dem Knochen.
Ja, beim Geisterbannen läßt sich das Geld nicht mit bloßem Herumstehen verdienen, wie bei den Herren Stadtknechten, nickte der Famulus. *Er muß bei diesem Bein gerade angefangen haben, als der Meister ihm von oben herab sein bißchen dünnes Festes mit unserer Fernsäge ritsch, ratsch! durchgeschnitten hat.*
Dem Rottenmeister gelang es schließlich, sich aufzusetzen, und Gätlein reichte auch ihm einen Krug. *Mit der Säge längshin durch,* sagte Konrad roh, *so dürr, wie sich der junge Teufel uns gezeigt hatte, das war die rechte Vergeltung.* Und er trank. *Diese Mondbestie,* erklärte der Famulus, *hatte sich uns beide doch hier zurechtgelegt, wie der Bischof die Spargel auf dem Holzteller. Hättest du gestern nur auf mich gehört wegen des Hexenknäuels,* nörgelte er und bohrte mit dem Finger in dem Loch der Eisensohle. *Nach seiner gierigen Art hatte er es bei dir nicht abwarten können.*
So jung und mager, das sind immer die schlimmsten, schnaufte Konrad und setzte den Krug ab. *Ist der Lümmel nicht damals schon in der Hütte seiner Großmutter über den Grützekessel hergefallen, statt vor unseren Stinktieren auszureißen? Ach, hätte ich nur darauf geachtet, wie lüstern er nach diesem armen Bein geschielt hat, während er uns mit dem Boot nach seiner Schlachtbank steuerte. Und ihr Quaduxe habt getanzt!*
Dir hat er es wohl hinten heraus auch aus dem Kopf geschlürft, sagte Gätlein, der ihn nicht verstand. Dann schrie er leise auf und zeigte seitwärts auf die Sandbank. *Ohne Säge, bloß mit deinem Enterbeil hat ihn der Meister in die zwei Hälften geschlagen,* rief er ehrfürchtig. *Da liegt es, zerschartet und angeschmolzen. Und du hast es mit dem*

Dem Rottenmeister gelang es schließlich, sich aufzusetzen,
und Gätlein reichte auch ihm einen Krug.

Beil vorhergesagt, und sogar das eine Bein kannst du jetzt wirklich vor deiner Hedwig schwingen. Ja, was wir tun, das ist wirklich noch ein Beruf zu nennen in diesen Zeiten, prahlte er. *Aber einer wie du schießt ja bloß, wenn er dabei sein darf, die Pistole auf den Meister ab und wird ohnmächtig ins Boot geschmissen, wenn das Treffen beginnt.* Der Rottenmeister schnaufte böse, daß sie ja wohl zu zweien hier siebzig Fuß tiefer übernachtet hätten. *Und liegt nicht vorn noch einer?* sagte er plötzlich.
Gätlein kletterte über die Mastbank und sah nun, daß, halb vom Segel verdeckt, der Meister lag. *Er schläft,* flüsterte der Famulus. *Auch der Meister ist hier im Boot!* ächzte der Stadtknecht und mußte sich in seiner Aufregung das Bein mehrmals herunterdrücken.
Wo in aller Welt sollte er sonst wohl sein? murmelte Gätlein böse. *Wenn sich der Grieper groß macht wie der Holzturm da, und wenn man oben schon hört, daß er dem Kameraden unten – das warst du – aus der Ferse suckelt, dann kann unsereiner so einem halbfesten, gespenstischen Gallerteriesen schließlich nur noch mit dem Handbeil auf die Schultern springen. Und wo das bißchen Feste sitzt, nichts wie hick-hack von oben nach unten hinein! Und wenn das Unding greulich zusammensackt, reitest du eben mit in die Tiefe, und nach solchen siebzig Fuß abwärts legst du dich lieber gleich schlafen, wo du bist.*
Der Rottenmeister schaute im Sitzen mit langem Hals auf den Schlafenden. *Jetzt glaub' ich's dir,* flüsterte er plötzlich. *Auf der Nase hatte der freche Lümmel schon angefangen, ihm das Loch zu schaben, aber wie sieht sie jetzt aus? Noch dicker als zuvor ist sie! Hundeblut, er hat also gesiegt! Gib mir das Handruder, Kamerad, mit dem der junge Satan gestern das Boot gesteuert hat!* Der Rottenmeister schnitt feierlich drei Späne vom Griff an Oles Riemen herunter und barg sie in der beinernen Kapsel, die jetzt leer war.

Nun ist unsere Reisegesellschaft, nickte er, *wieder hübsch im Planwagen beisammen. Und auch mit diesem lebendigen Bein und einem Heuschreckenschlegel will ich mir immer noch besser zurechthelfen, als wenn der gehälftete junge Teufel sein Ruder noch einmal führen wollte.*
Was hast du nur mit dem armen Jungen? fragte Gätlein. *Wenn der jetzt hier in seinem Boot fehlt, so ist das gewiß wohl der letzte kleine Spargel gewesen, den der Grieper noch schlürfen konnte. Ich hätte der Mutter nichts versprechen sollen, und auch ihm nicht den halben Silbergroschen. Zusage bindet, ob du's dir merken wirst oder nicht, das weiß unsereiner. Aber dafür mangelt dir Klotz eben das Studium,* schloß er, weil Konrad ihn dabei höhnisch anglotzte.
Ich glaube, im Alter kannst du dir vor lauter Kunst bloß noch mit der großen Zehe in der Nase bohren, polterte der Rottenmeister los. *Weißt du immer noch nicht, wem du den halben Silbergroschen versprochen hast?* Er brüllte wieder auf, weil ihm sein Knie gegen die Zähne fuhr, als er aufstampfen wollte. *Still, Mensch,* wehrte ihm Gätlein plötzlich erschrocken. *Ich glaube, der Meister hat schon die ganze Zeit über die Augen offen gehabt.*
Und dann schauten sie alle drei nach oben zum Kopf der Feuerblüse empor. Ein dünner, schwelender Rauchfaden, wie von einem Feuer, das allmählich erlosch, zog sich ganz oben von der Plattform zur Seite hin in die Luft hinaus. Und als die beiden Männer dann wieder das Gesicht des Magisters betrachteten, erschien es ihnen trotz der entstellten Nase auf eine erschreckende Art in Zorn oder Trauer versteinert. Die ganze Welt lag jetzt in harter Helligkeit da, und im Osten hob sich über dem Dunst der flachen Küste der Rand der roten Sonnenscheibe empor.
Fern im Südosten aber glänzten in diesem Augenblick klein und weiß die Segel der Norwegenflotte auf, weil die Schiffe an der Strombiegung ihre Rahen wendeten. Der

Rottenmeister stierte auf die ferne Erscheinung und dann wieder zum Kopf der Feuerblüse hinauf. *Habt ihr den Kohlensäcken gesagt,* flüsterte er Gätlein zu, *daß sie von selber da hinaufklettern und sich in den Herd ausschütten sollten?* Der Famulus zeigte hilflos mit der Hand Oles Größe und tat, als ob er einen halben Silbergroschen auszahlte.
Dann mußt du recht haben, und es kann nicht der Satan gewesen sein, hauchte der Stadtknecht hinter seiner Tatze. *Wenn einer nach solchem Gewühl wie heute nacht den Dienst oben weiter versieht – so dusslig ist kein Teufel, nicht mal jede Hälfte einzeln. Aber so frech – genau das kriegen solche Trotzbengels fertig. Bloß – wer hat dann – und wer ist jetzt – –?* Er verstummte, als er wieder die Nase des Meisters in dem schrecklichen Gesicht sah. Aber sein eigenes Gesicht war ganz gedunsen vor lauter Nichtverstehen. Der Rauchfaden oben war wieder verschwunden.
Meister, ich dien' Euch jetzt zwölf Jahre, flüsterte der Famulus nach einer langen Zeit. *Wenn 's wie in den Märchen gewesen ist, und der's wirklich getan hat, schläft jetzt da oben, so sagt mir ein Wort! Hier in der Tasche habe ich unser Tuch, das aus Stein gewebt ist. Er wird nie etwas erzählen können, und die Mutter kriegt ja immer noch so viel von ihm wieder, wie sie für die Arbeit brauchen.*
Der gute Mensch war ganz verstört vom Anblick dieses steinernen Gesichts. *Was habt ihr Quaduxe?* murmelte der Stadtknecht.
Aber der Magister starrte schon wieder unbeweglich in die Weite der See hinaus. Schließlich winkte der Famulus heftig, den Mann dort allein zu lassen. *Und wenn du fortfährst, so zu denken,* drohte er flüsternd, *dann bieg ich dir das neue Bein dreimal um Genick und Kehle auf Lebenszeit.*
Der Rottenmeister flüsterte nur, als sie aus dem Boot kletterten, es genügte vollauf zu wissen, daß die Blüse in der

Nacht gebrannt und der Bürgermeister für die große Stadt also seine Viktoria über den Grieper-Spuk erlangt hätte. Zwischen zwei Balkenbeinen des Turmes, wo ihn der Magister nicht sehen konnte, versuchte der schwere Mann mit Ächzen und häufigem Gebrüll zu gehen. Die Seevögel kreischten.

Die Sonne stand schon zwei Handbreit hoch am Himmel, und der Magister hatte sich immer noch nicht geregt, da hüpfte der Stadtknecht ungeschickt von der Blüse fort auf die Sandbank hinaus. Gätlein grub an der Stelle, über der immer noch die Vögel flatterten und schrien, gerade neben einigen morschen Holzstücken zwei grüne, glasige Scheiben aus dem Boden.

Zwei Nächte sollen wir das Feuer da oben noch unterhalten, sagte Konrad drohend, nachdem er eine Weile zugesehen hatte. Der Famulus nickte, so sei es mit der Stadt ausgemacht.

Aber es ist auch weiter so, murmelte der Stadtknecht heiser, *daß die Leiter und das Boot jetzt von mir hier unten bewacht werden.* Er spuckte den Vögeln zu, die immerfort kreischend herabstießen.

Ich will dir sagen, sagte er plötzlich geheimnistuerisch, *daß ein kriegerischer Mann den anderen schon versteht. Und wenn du Künstler auch über mich spotten magst, seine Genugtuung soll der Meister vom alten Konrad dennoch haben für den Schuß auf seinen Rücken. Da oben schläft jetzt einer, der heute nacht zuviel gesehen hat.*

Wenn er noch schläft, muß ich es ja wohl tun, seufzte der gutmütige Famulus. *Aber ein ungelernter Kerl wie du ist auch mit seinem besten Eifer nichts weiter als hinderlich, wenn die Dinge ohne Knoten auseinandergewickelt werden wollen.* Gätlein blickte noch einmal auf die regungslose Gestalt seines Meisters und begann dann langsam die Lei-

ter emporzuklettern. Die Sonne sah jetzt golden und schief in die Welt hinein, und alle Vögel dieser Küste schienen über der Sandbank zu lärmen.
Die Morgenhelligkeit drang von allen Seiten her durch die Ritzen der Bohlenkammer oben im Gerüst der Feuerblüse, als Ole endlich davon wach wurde, daß sich die Falltür im Boden langsam emporhob. Der Junge starrte verschlafen von der Pritsche hinüber, während der Famulus Gätlein sich mit dem Oberkörper halb hereindrängte. Als er sah, daß die Augen des Liegenden weit offen waren, stutzte er und steckte etwas weg. *Es kann doch noch nicht lange nach Sonnenaufgang sein,* dachte Ole, *was macht die Möwen so toll?* Denn ein ungeheures Vogelgeschrei füllte draußen den ganzen Himmelsraum.
Hier hast du also die Sache verschlafen, lachte der Mann freundlich. Aber sein Katerbart und seine braunen Augen gingen unruhig hin und her. *Was hast du da weggesteckt?* fragte Ole. *Ach, nur ein Tuch,* sagte der andere. *Du würdest es auch besser wegstecken, wenn du unter dem Kupferdach heute nacht etwa Träume gehabt hast!* Durch das Vogelgeschrei scholl aus der Tiefe herauf immer wieder das Stiergebrüll des Rottenmeisters. Ole richtete sich aufmerksam hoch.
Das ist hier der große Truthahn, schwatzte Gätlein fahrig. *Das schreit und gackert sich nun heute morgen in der Luft was zusammen, weil der Meister in der Nacht das bißchen Grieper-Spuk totgeschlagen hat. Aber hier draußen hängt ja wohl des Herrgotts Geflügelhof mit dem Kopf nach unten über der Welt.* Wieder brüllte es unten. *Es muß auch schlimm sein,* kicherte Gätlein, *wenn von einem Doppelturm nur noch einer heil neben einem dürren Knochen zurückgeblieben ist.* Er setzte sich auf den Rand, holte einen Fuß herauf und schlürfte ausdrucksvoll an der Ferse.
Heute nacht habe ich von lauter solchen Sachen geträumt, sagte Ole, und der andere nickte beifällig. *Wir Männer*

hatten's nicht so gemächlich, sagte er. *Erst oben auf dem Dach die Katzbalgerei – dann siebzig Fuß über die Leitersprossen hinunter, Halt-den-Dieb gemacht, und endlich unten auf dem Sand – frag mich nicht! Wir haben dann gleich im Boot geschlafen. Das ganze rechte Bein hat die Mondbestie diesem Gewaltmenschen doch noch rasch bis zur Hüfte hinauf ausgesogen, weil das Loch in der Eisenplatte war. Deine Ahne ist nicht untüchtig, Junge! Die ganze Haut schlappt dem Kriegsmann jetzt grau und faltig um die Beinknochen!*

Das Bein hing ihm doch über die Kante, wollte Ole eifrig erzählen. Aber der Famulus kletterte plötzlich herein, während er flüsternd weiterschwatzte: *Du hast ja bloß geschlafen und geträumt,* sagte er, *und es ist vielleicht auch gut, ich zeige dir, was für ein Tuch ich weggesteckt habe.* Er zog es heraus. *Das ist mit großer Kunst aus hartem Stein gewebt,* fuhr er drohend fort, *und ist in Wirklichkeit schrecklich schwer und dicht. Wenn man es einem Schlafenden übers Gesicht legt, könnte es geschehen, daß die Seele beim Aufwachen nicht mehr in ihn zurückfindet, und nicht einmal von seinen dusseligen Träumen wüßte so einer dann etwas. Also während du schnarchtest, ist es hier zu Ende gegangen, Deine drei kleinen Schwestern können beim Strandvogt jetzt als Feuerwächter anmustern.*

Den Jungen machte das langatmige Geschwätz ganz ungeduldig. *Die Flut läuft ja höchstens noch eine Stunde,* rief er und sprang auf die Beine. *Ach, was bin ich müde, und was für Zeug habe ich mir angezogen in dieser Nacht?*

Euch von der Küste liegt das Erben so im Blut, grinste Gätlein hastig. *Die Sachen sind ja auch besser als dein bißchen altes Gelump. Sollst sie geschenkt haben, wir halten alle den Mund, nicht wahr?*

Wir müssen aber sofort zusammenpacken, rief Ole ungeduldig, *vielleicht können wir mit dem Boot doch noch bis*

nach Ole Manders' Priel zurückkommen. Aber der Famulus schüttelte merkwürdig eindringlich den Kopf.
Hüte, du Faulpelz, dich jetzt erst einmal vor den beiden da unten, murmelte er und stopfte das Tuch in seine große Tasche. *Vielleicht schämt sich der Meister bloß wegen seiner Nase. Aber wir meinen, er mag dich nicht sehen, nachdem du dich in dieser Nacht bloß verkrochen und geschlafen hast. Wer die Gefahr nicht liebt, muß auch den Sieger meiden, weißt du! Zerhackt mit dem Enterbeil hat der Meister dem Spuk das letzte kleine bißchen Festes,* prahlte er, *das wie morsches Baumholz in der Ungestalt schwebte. Da unten liegt es jetzt auf dem Sand. Die zwei grünen Scheibenaugen haben wir daneben ausgegraben. Aus solch seltenen Stücken machen wir für uns zum Beispiel Laternen, die von selbst leuchten. Das mußt du doch einsehen, daß ein gelehrter Mann, der so gewaltige Dinge fertigbringt, mit einer verschwollenen Nase nicht unter die Leute gehen kann. Wir halten das Feuer hier erst noch zwei Nächte in Gang.*
Wenn man das vorher gewußt hätte, müßte so einer sich vielleicht den Leuten mit einem gebackenen Kopf zeigen, fuhr es Ole in verworrener Erinnerung böse heraus.
Ob du wohl das Maul hältst von deinen kindischen Träumen? schalt Gätlein und schickte den Jungen mit einem leichten Tritt durch die freie Luft auf die Pritsche. Ole hielt als Fischermann ja nicht viel von der Aufgeregtheit im Kopf, nicht einmal bei sich selbst. *Das muß ich dir aber wenigstens erzählen,* sagte er grinsend zu Gätlein, indem er sich hinten rieb, *daß du mir heute nacht für so einen Tritt einen halben Silbergroschen versprochen hast.*
Wenn du vernünftig bist, sollst du ihn haben, versprach der Famulus schmunzelnd, *denn jetzt eben habe ich an dir ja auch wirklich den Tritt-durch-die-Luft versucht. Das ist eine Kunst, die fleißig geübt sein will.*

Der Junge kniete neben der offenen Falltür und schaute in die Tiefe hinab. Das Boot lag friedlich vor seinem Anker, selbst Vater Manders würde nichts daran auszusetzen finden. *Nach solchen Taten sind die Leute in den Geschichten manchmal drei Tage lang starr und steif,* flüsterte Gätlein neben Ole. Der Junge fühlte immer stärker einen Zwang, auf die Gestalt des Magisters zu blicken, der vorn auf dem Halbdeck hockte. Unbeweglich starrte er gegen die See nach Norden, mit krummem Rücken und den Kopf vorausgestreckt. Das Licht der Morgensonne fiel schräg auf ihn, und sein Schatten stand deutlich in der Luft. Wie ein Steinbild saß er, und das Boot schien in der langsam treibenden Flut mit ihm zu fahren und kam doch nicht von der Stelle. Eine verworrene Erinnerung schoß durch Oles Kopf, daß er sich in seinem Traum erdreistet hatte, diesen Mann mit der Faust von sich wegzustoßen. Es schien Ole, als stiege von der dunklen Gestalt dort unten eine so große Schwermut zu ihm auf und versuchte, von ihm Besitz zu ergreifen und auch, daß der Mann dort unten eine so ungeheure Trauer ertragen mußte, wie sie einem Menschen gar nicht aufgeladen werden durfte. Aber ein unklares Gefühl sagte ihm, daß er sich dort nicht einmischen durfte.
Ich bleibe die ganzen Tage hier oben und gebe auf das Boot acht, flüsterte Ole. *Ja, du Angsthäschen, verkriechst dich besser,* nickte der Famulus und rollte die Augen. Aber Ole stieß ihn ärgerlich ein wenig mit der Faust zurück und sagte, ein geschlachteter Dorsch sei klüger. Ein Morgen voll rätselhafter Schwermut lag über der Welt.

Als die Ebbe zu laufen begann, kam der Strandvogt mit seinem Boot von der Küste herüber und machte im schönen Sonnenschein längsseits an Ole Manders' Fahrzeug fest. Der Rottenmeister schaukelte sich mit zugedeckten Beinen behaglich in dem Fischerboot. Er erzählte dem städ-

tischen Beamten, den er kannte, sie seien in der Nacht von einem der Norwegenfahrer aus Neugierde hierhergesegelt. Die Flotte hätte es gut brauchen können, daß sie das Feuer auf der stillgelegten Blüse in Gang bekommen hätten. Er wolle, da er im Dienst der Stadt reise, die Arbeit nun auch gleich noch zwei Tage weitermachen. Der Strandvogt hütete sich natürlich, ihm zu erzählen, was sich nach seiner Meinung letzthin hier abgespielt hatte. Man soll ja mit dem Maulwerk nicht dazwischenwirken, wenn die Probleme sich von selbst zu entwirren scheinen.
Doch lieh sich der Rottenmeister vom Strandvogt, ehe der zurücksegelte, die lange, neue Ankerkette des städtischen Bootes aus. Die gedachte er sich später ums Bein zu wikkeln und zur Ebbezeit auf dem Sand auf diese Weise das Gehen zu lernen. Der Vogt war sehr bestürzt, besonders, als er Ole Manders' Boot erkannte. Doch er kuckte nur etwas schief und schwieg.
Der Magister aber sagte plötzlich, und es waren an diesem Morgen seine ersten Worte, daß er hier unnötig sei und mit dem Strandvogt zur Küste fahren wolle. Doch trug er dem Rottenmeister auf, daß ihm die Bezahlung durch denselben Ratsschreiber der großen Stadt überbracht werden müsse, der ihn gedungen habe. Und der Mann habe sie ihm kniend zu überreichen, und es dürfe kein einziges Wort dabei gesprochen werden, wenn der Stadt nicht schlimme Dinge aus dieser Sache entstehen sollten.
Der Rottenmeister sagte eifrig zu. Aber der Geisterbanner sah ihn nicht an, weder bei dem Auftrag noch bei der Abreise. Das Boot des Strandvogtes segelte davon, und Ole beobachtete alles von oben aus der Bohlenkammer. Der Teufelsbanner schaute mit keinem einzigen Blick zum Kopf der Feuerblüse empor.
Die drei anderen blieben noch zwei Tage und zwei Nächte bei dem Balkenturm. Der Rottenmeister herrschte grimmig

und lärmend unten, der gute Famulus kletterte hinauf und hinunter, und Ole unterhielt während der dunklen Stunden das Feuer oben in der Kohlenpfanne. In der Tat kamen während dieser Nächte auch noch mehrere Schiffe herein, und weder jetzt noch später ereigneten sich bei der Feuerblüse seit jener Nacht irgendwelche übernatürlichen Geschehnisse.

Am dritten Tage mußte Ole endlich, immer noch in den guten neuen Kleidern, die Leiter hinab, um das Boot zur Rückkehr flottzumachen. Vierunddreißig Leitersprossen streckten sich in der Vormittagssonne unter ihm in die Tiefe; der Junge hatte sie oft genug durch die Falltür seines Zufluchtsortes gezählt. Er wollte unbemerkt versuchen, an dem grimmigen Stadtknecht vorbeizukommen, der jetzt zu schlafen schien. Ole stieg leise von Sprosse zu Sprosse. Er stach mit dem Bein jedesmal in einem seltsamen Bogen nach unten, weil ihn die langen Strumpfhosen behinderten.

Das Gepäck hatten der Famulus und er in diesen zwei Tagen schon immer bei Gelegenheit über die Seilwinde hinuntergebracht, und Gätlein hatte es leise im Boot verstaut, wenn der Rottenmeister betrunken unter dem Halbdeck schnarchte. Aber heute war der Tag der Abreise, und Ole mußte auch selbst ins Boot kommen können. Aus halber Höhe sah er Gätlein darin sitzen und bekümmert zum Balkenfuß herüberschauen. Der Rottenmeister hatte sich dort, wo der Sand jetzt noch trocken war, mit dem Rücken gegen das Holz gelehnt und die Beine vor sich auseinandergestreckt. Die letzte Leitersprosse war dicht hinter ihm. Es war Sonnenschein, aber tote, herbstliche Vormittagsstille.

Gerade als der Junge vollends hinunterschlüpfen wollte, verfing sich der weitaufgekrempelte Ärmel seiner Strickjacke an dem Holz, und es gab ein Geräusch. *Komm nur her,* sagte der Rottenmeister zu Oles Entsetzen ganz ruhig und streckte seine fürchterliche Hand aus. Der Junge bückte den Nacken herunter und ließ sich fallen. Er hätte vor dem hinkenden Riesen natürlich flüchten können, aber Vater Manders' wegen mußte er beim Boot bleiben. Er kniff die Augen zu.

Du bist ein sehr häßlicher Vogel, schnaufte der Stadtknecht. Er zog den Jungen auf sein Bein, und Ole fühlte die Kette, mit der es umwickelt war. *Und zu deinen Leuten gehörte die alte Spinne im Holzkasten,* sagte er drohend über ihm, *die mir die Fäden an die Sohle gehext hat, und deswegen konnte ich dann dies arme Bein da oben nicht über die Geländerstange kriegen. Das ist das Letzte, was ich auch ohne Nachdenken weiß, und dafür, du Troßjunge, daß dein Feldhauptmann deswegen keine Ehre geholt und alles Fleisch von einem Bein verloren hat bei diesem Unternehmen, hast du jetzt für deine Sippschaft zwei Tage der Stadt umsonst fronen müssen als Feuerwächter nach Kriegsrecht.*

Ole atmete schon auf. Aber da wurde er dicht an den großen Bauch gepreßt und geschüttelt, und die Stimme über ihm flüsterte heiser vor Wut, daß noch viel mehr hier nicht in Ordnung sei. *Denn warum,* dröhnte es immer lauter, *hat kein Mensch hier am Morgen danach Viktoria getrommelt und trompetet, wo's doch keiner bis an den Deich hört, und wenn's die Möwen in der Stadt aufs Kirchendach spritzen, können die Pfaffen dies Latein doch nicht lesen. Der Grieper-Spuk ist doch verreckt,* brüllte die Stimme und wurde dann wieder leiser. *Der Herr Bürgermeister hat nun seinen Willen gekriegt! Aber ich will dir flüstern, wenn du nicht dabeigewesen wärst, hätte der Meister die Memme in Hosen da hinten und mich fröhlich angeschaut und gesagt: nicht schlecht. Und diesem Mann zur Genugtuung, die ihm nach einem Schuß auf seinen Rücken von mir zusteht, werde ich dich auf das Hafenbollwerk legen, wenn du uns nach der Stadt zurückgebracht hast, und mit diesen anderthalb Fü-*

ßen auf dich treten. Durch das Loch in meiner Eisensohle sollst du die Nase stecken, wenn dir die Seele aus dem Hals fährt. Und auch das ist Kriegsrecht.
Das Boot muß doch nach Ole Manders' Priel, schrie der Junge entrüstet auf. Er verstand ja nicht, was dieser grimmige Soldat von ihm wollte. Nur das eine Unglück stand fest, daß Manders' Boot schon wieder gebraucht werden sollte. *Ich muß das Boot zurückbringen,* schrie er dem Stadtknecht mit blitzenden Augen ins Gesicht.
Der Famulus kam durch das seichte Wasser heruntergewatet. *Dieser Bengel hat sich doch bloß verkrochen und geschlafen,* redete er dem Rottenmeister zu. Schließlich brummte der und ließ Ole los. Der Junge riß sich hastig los und flüchtete ins Boot.
Der Grieper-Spuk ist ja doch wirklich zum Nutzen der Stadt vertrieben, sagte der Famulus später, als die Flut gestiegen war und er dem Stadtknecht ins Boot half. *Und so ein Kettenbein ist doch fest gegen Hieb und Schuß. Sauf und vergiß deine verrückten Absichten auf den Jungen.* Aber Konrad brummte die merkwürdige Antwort zusammen, wenn ihm hier nur jemand von Grund auf Bescheid sagen könne, möchte er sich selbst vielleicht wundern. *Denn es könnte auch das geben,* sagte er, *daß weder vorher noch nachher in meinem Leben eine größere Gloria gewesen wäre, als wenn ich den Lümmel vorhin erwürgt hätte. Aber gebt nur den Krug,* schloß er. *Auf unsereinen hat 's nun einmal draufgewichst, und du klebst auf dem Dreck, und wie der Mensch auch wieder hochkommt, legt's ihn ja bloß sogleich über die Kante auch nicht schlauer wieder hin!*
Ole hatte den Anker über den Bordrand gezogen, und das Boot begann mit dem Strom sofort von der Feuerblüse fortzutreiben. Unten, zwischen dem Gepäck, hatte sich der Stadtknecht, zusammen mit zwei Weinkrügen und einem Schnappsack, seine Nische geschaffen. *Nicht mal die Hand*

hat er vorgestern beim Wegsegeln ein bißchen gestreckt, jammerte er, *daß wenigstens der Zeigefingernagel noch einmal ausgeschaut hätte nach dem alten, treuen Konrädchen. Es ist schwer, Euch wieder loszuwerden,* dachte der Famulus. Er saß hinterm Mast und schaute mißtrauisch zwischen das Gepäck, bis der Riese sich in all der Beklommenheit von der Mittagsschwüle und der Enge im schwankenden Boot schläfrig getrunken hatte. Auch als es unten leicht und regelmäßig aufzugrunzen begonnen hatte, fühlte Gätleins Hand noch mehrmals in seine Tasche nach dem mehlig weichen und kühlen Tuch aus Stein. *Aber es ist ja nicht nötig,* dachte er, als er neben dem Boot ins Wasser sah. Auf Erden läuft ja alles gleich wieder auseinander, was aufgewallt ist. Bis zum Himmel hinauf hing über dieser Abfahrt eine träge Schwermut, bis die Feuerblüse klein in der flimmernden Luft hinter ihnen stand und die Konturen der Küste voraus zur rechten Hand farbig hervorzutreten begannen.

Sei doch froh, daß er sich damit begnügt hat, wenn du ihm mit seinem Bein das Marschieren zur Stadt sparst, begütigte Gätlein dann den Jungen, der hinten im Boot steuerte und dem vor Erbitterung die Tränen auf den braunen Backen glitzerten. *Dieser Klotzkerl kann doch nicht fahren, wo der Wagen mit dem Meister gestern schon übers Lüneburgische weggezogen ist. Ich kenne das doch, wenn er diese Augen hat,* schwatzte Gätlein zutraulich. *Der ist, wo das Boot landete, geradeaus ins Land hineingegangen, und keiner wagt ihn anzureden. Und immer schneller ging 's, und bald ohne Schritte, und alles ist vor ihm zurückgewichen, so wie du eine Büchsenkugel sehen würdest, wenn ich dich hinter ihr herschösse. Und der Wagen bei eurer Hütte hat sich von selber schon die Pferde zurechtgerückt und macht sich im voraus auf, und die Räder schnurren bald zwei Fuß über Sand und Stein. Und der Magister gelangt in ihn hinein, als*

wenn die Büchsenkugel sich dem Habicht, der davonschießt, ganz sachte in den Leib drückt.
Der gute Mensch schwitzte von der Anstrengung, Ole aufzuheitern. Aber der Junge sagte nur, da müsse der Famulus ja erst recht mit ihm im Boot zum Priel. Vater Manders habe seinen Schuppen nicht gebaut, damit ein halbsteifer Fuhrmann darin für ewig aufgehoben werde. Und die greulichen Tiere könnten sie auch nicht behalten, wo so viele kleine Kinder herumliefen.
Mit dem Fuhrmann kannst du es später auch gut selber machen, tröstete der Famulus, *wenn du in ein paar Tagen aus der Stadt zurück bist. Du stellst ihn nur, wenn im nächsten Dorf die Mittagsglocke läutet, mit dem Gesicht nach Celle und reißt ihm die Gabel aus dem Hinterkopf. Wenn er dann noch einen Tritt kriegt, geht er ab. Und die Gabel soll deine Ahne von mir behalten, weil wir ihr doch das Hexenknäuel verdorben haben. Und mit den paar Tieren, da laß diese tüchtige Frau nur allein fertig werden!*
Aber als der Junge immer noch trotzig dasaß und die Tränen aufschnupfte, während die Flut sie schon an der Dünenküste vorbei in den Strom trug, sagte Gätlein ernst und ärgerlich: *Kein Mensch kann in dieser Welt einen Stein umdrehen, du Rotznase, ohne daß vielleicht undenkbar weit weg ein Haus zusammenstürzt und ein Rächer sich aus der Kellerluke wühlt. Sei froh, wenn du es jetzt gleich abarbeiten kannst.* Die Möwen schossen glitzernd durch die wässerige Luft über den Strom.
Mecklenburgische Dauerwürste wie mein Arm, grunzte in diesem Augenblick die Stimme des Rottenmeisters zwischen dem Gepäck. *Und Gebratenes auf der Butter über dickem, knusperigem Roggenbrot – die Stadt soll's entgelten, wenn auch kein Gerücht vor uns her aufspringt und kein Schwein an den Ufern etwas kündet von unserer Viktoria!*

Die Nachricht von der Vertreibung des Grieper-Spuks mußte natürlich so lange geheimgehalten werden, bis man im Winter zur Ostwindzeit wirklich mit vielen Wagen zur Feuerblüse hinüberfahren konnte, wo dann die kirchliche Austreibung des Teufels feierlich vor sich ging. Noch im November aber hatte der vertraute Schreiber des Dritten Bürgermeisters sich noch einmal zu der Stadt im Braunschweigischen begeben müssen, um dem Magister Sagittarius die ausbedungene Belohnung, so wie es der seltsame Mann verlangt hatte, zu überbringen. Der Rottenmeister Konrad hatte noch niemals zwei Monate eines solchen Wohllebens genossen wie nach seiner Rückkehr von der geheimnisvollen Unternehmung. Nur wunderten sich seine Kumpane, daß der wilde Mensch seit jener Zeit niemals mehr vor anderen Leuten die Hose von seinem rechten Bein herunterstreifen wollte.

Warte, ich muß dir doch noch den halben Silbergroschen geben, hatte damals der Famulus auf dem Hafenbollwerk der großen Stadt zu Ole gesagt, nachdem sie an einem nebligen Morgen unbemerkt an die Schiffslände gekommen waren. Der Rottenmeister war davongeklirrt und im Dunst und Sprühregen außer Sicht gekommen, ohne daß er sich auch nur noch einmal umgesehen hätte. Gätlein aber stand gekrümmt neben dem vielen Gepäck immer noch auf dem Bootssteg über Ole und wühlte mit der Hand bis zum Ellenbogen in seiner großen, übervollen Tasche. *Dem bist du entgangen,* sagte er, als er das Tuch aus Stein unter sein Kinn klemmte, *und es freut mich ja doch, daß wir alle hinterher vernünftig waren. Und so ist dir also draußen auf dem Balkenturm nichts zugestoßen, wie ich deiner Mutter versprach.*

Er griff einige Münzen und prüfte sie. *Hier ist nun das Wappen der großen Stadt,* knurrte er in plötzlichem Mißmut, *und wir stehen hier wie die Meuchelmörder, und du wirst einen halben Silbergroschen von mir kriegen,* sagte er mit einem schiefen Blick auf das Gepäck, fluchte vor sich hin und strich seinen Bart heftig in die Höhe. *Also, dann bringst du der Mutter aber wenigstens einen ganzen Groschen von mir,* schloß er plötzlich.

Am Steg unter ihm hatte Ole jedoch das Boot inzwischen schon längst abgesetzt. Er müsse den Ebbstrom haben, sagte er. Mit der zweiten Tide könne er dann vielleicht noch diese Nacht in Ole Manders' Priel hineinkommen. Ihretwegen brauche die große Stadt keine Feuerblüse anzuzünden.

Sobald das Boot von den Pfählen frei war, setzte der Junge sich hin und begann hastig zu rudern. Der Strom nahm ihn kräftig mit. Ole grinste dem Famulus noch einmal freundlich zu, vor allem aber vor Erleichterung, denn jetzt konnten die Leute Vater Manders' Boot wirklich nicht mehr zurückhalten.

Hier endet die Sage vom Kampf gegen den Grieper-Spuk.

Wort- und Sacherklärungen

Blüse Seezeichen, große, meist hölzerne Bake, die an weit sichtbarer Stelle der Küste oder im Watt errichtet wurde. In einem eisernen Korb brannte ein offenes Feuer (zumeist von Steinkohlen), das Schiffern in der Dunkelheit eine Ortsbestimmung ermöglichte. Weitere Namen für eine Blüse: Blüsenfeuer, Feuerbake, Kohlenblüse.
Obwohl bereits 1286 geplant, baute die Hamburger Admiralität erst 1644 auf der Insel Neuwerk eine besonders große, etwa 22 m hohe Blüse. Ein Blüsenmeister und zwei Knechte waren für den Betrieb verantwortlich.

Butze Bettschrank, Alkoven

Enterbeil Kampfwaffe, die früher auf einem geenterten Schiff zum Kappen der Taue und zum Erschlagen der Gegner verwendet wurde

Famulus Diener, Gehilfe (vor allem eines Gelehrten)

Feuerblüse → Blüse

Fuß altes Längenmaß, 1 Fuß = ca. 30 cm

Handbreit Breite einer Hand als Maßeinheit

Handrohr kleine Handfeuerwaffe, ›Pistole‹

Lot Blei

Magus Magier, Zauberer

Pechbrille Schutzbrille gegen (heißes) Pech

Priel Rinne im Watt, die auch bei Ebbe noch Wasser führt

Quadux Frosch, Kröte; Betonung auf der 2. Silbe (ndd. vor allem in Mecklenburg und Brandenburg)

Rah(e) waagerechte Stange am Mast, an der ein rechteckiges Segel befestigt wird

Riemen Ruder

Rottenmeister ›Scharführer‹, ›Korporal‹, Anführer einer Rotte (im 15. Jhdt. = 10 Mann)

Schiffsländе Schiffsanlegeplatz

Schnappsack Rucksack, Ranzen, Provianttasche

Schritt altes Längenmaß, zwischen 0,7 und 0,8 m (eigentl.: ein Fußtritt aus dem Stand nach vorn)

Viktoria Sieg (als Ausruf)

Walkmühle Mühlwerk, in dem Stampfen oder Hämmer auf die zu walkenden Stoffe (Tuche, Leder usw.) niederfallen, um sie zu reinigen und zu verfilzen.

wendisch slawisch, auch als Gegensatz zu: deutsch = fremd

wricken, wriggen ein Boot durch Hinundherbewegen eines am Heck eingelegten Riemens fortbewegen (in Form einer liegenden Acht) (ndl.: wricken)

Zum Aberglauben

In den Werken Martin Luserkes findet sich immer wieder alter Volksaberglauben, wie auch hier im Grieper-Spuk:

Von hinten nach vorn aus einem Buch lesen
Nach dem Volksglauben mußte ein zauberischer Akt nach rückwärts erfolgen, Zaubersprüche mußten von hinten nach vorn hergesagt bzw. gelesen werden. Der Zauber wurde aufgehoben, indem man den Spruch richtig herum las.

Die *Fledermaus* als unheimliches Nachttier galt seit alter Zeit als Hexen- und Teufelserscheinung. Montanus berichtete bereits um 1550, daß Hexen bisweilen als Fledermäuse umherfliegen.

Gespenstmännlein in der Glasflasche, auch Alraun, Flaschenteufel oder Spiritus familiaris genannt.
Diese Figuren bestanden meistens aus Wurzelstöcken, die einer menschlichen Gestalt ähnelten, manchmal auch noch entsprechend zurechtgestutzt wurden. Ursprünglich wurde vor allem die Wurzel der Mandragora verwendet, einem im Mittelmeerraum beheimateten giftigen Nachtschattengewächs. Als Ersatz dienten wegen ihrer ähnlichen Gestalt die Wurzelknollen und -stöcke heimischer Pflanzen, z.B. vom Knabenkraut (Orchis), von Schwertliliengewächsen, wie der Deutschen Schwertlilie (Iris germanica) und häufig auch vom Siegwurzlauch (Allium victorialis), dessen Wurzel (Radix victorialis longae) im Volke als ›Männlein‹ bezeichnet und in Apotheken u.a. als Wurmmittel verkauft wurde.
Bereits Hildegard von Bingen (1098–1179) beschreibt in einem Kapitel ihrer ›Physica‹ die Heilkraft der Mandragora. In Flaschen aufbewahrte ›Glasteufel‹ waren in Ostpreußen z.B. Teil der Aussteuer. Um 1850 wurde auf einem Jahrmarkt in Hanga Hed (Schweden) ein Geist (Spiritus) gezeigt, der in einer Flasche zappelte (Weitgehend nach: Handwörterbuch des deutschen Aberglaubens, 1: 312 ff, 2: 1576).

... mit Kreuzchen besät und überkritzelt
Das Kreuz als Schutzzeichen ist im Christentum schon früh aufgekommen, es hebt Schadenwirkungen böser Geister usw. auf und gilt von alters her als dämonenverscheuchend.

Zur Edition

Der Text folgt der Ausgabe: Der Gryperspuk. Eine Sage von der Wattenküste. 1. Auflage, München o.J. (1938)

Luserke war vor allem Erzähler, er trug viele seiner Geschichten immer wieder aus dem Stegreif vor, und so sind auch seine gedruckten Texte in ihrer Diktion stark vom spontanen mündlichen Erzählen geprägt. Daher waren für diese Neuausgabe sorgfältige stilistische Korrekturen und wenige geringfügige Kürzungen unerläßlich.

Weitere Informationen zu Martin Luserke und seinem Werk enthält: Das Wrack des Raubschiffs. Phantastische Geschichten von der Nordseeküste (1) S. 114–117.

ISBN 3-7963-0317-X
1. Auflage 1995

Herausgeber und Anmerkungen: Theo Schuster
Einbandgrafik und Illustrationen: Heiko Jörn
Schrift: 10°/12° Rotis Antiqua
Gesamtherstellung: Hans Kock, Buch- und Offsetdruck GmbH, Bielefeld
Printed in Germany

Abenteuer-, Grusel- und Spukgeschichten von Küste, See und Watt

Martin Luserke, Hasko. Ein Wassergeusenroman.
(Restauflage) 472 S., geb.

– Der Grieper-Spuk.
Eine phantastische Geschichte von der Wattenküste.
Mit Federzeichnungen von Heiko Jörn

– Das Wrack des Raubschiffs
Phantastische Geschichten von der Wattenküste 1. Teil
Mit Federzeichnungen von Heiko Jörn

– Windvögel in der Nacht
Phantastische Geschichten von der Wattenküste 2. Teil
Mit Holzschnitten von Christian Mühlner

Berend de Vries, Nebel über dem Wattenmeer
Küsten- und Seegeschichten

Ernst Willkomm,. Der Schlickläufer
Geheimnisreiche Geschichten von der Nordseeküste
Mit 14 vorwiegend ganzseitigen Illustrationen und illustriertem Vorsatz von Kurt Löb

In Vorbereitung:

Berend de Vries, Das Logbuch des Ostindienfahrers

Martin Luserke, Die Wassergeusen (Arbeitstitel)

– Das schnellere Schiff. Nordlandgeschichten

– Das Schiff Satans
Der bretonischen Erzählungen erster Teil

– Der Turm ›Dat niege Wark‹